第一部

サンド翻訳書・書影目録

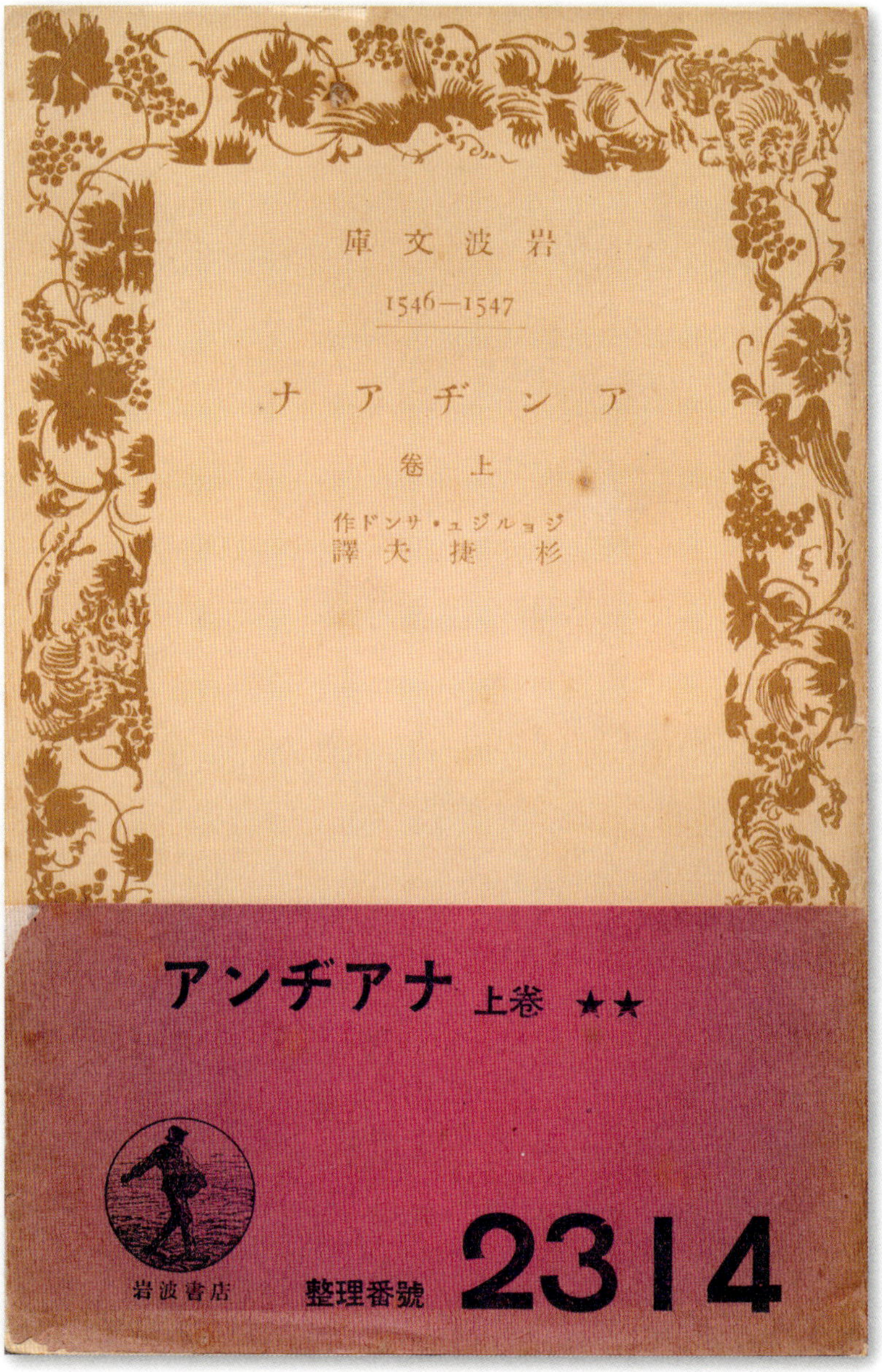

アンヂアナ（上卷）

（昭和十二年七月三十日発行）

ジョルジュ・サンド作
杉　捷夫譯
岩波文庫、帯付
岩波書店発行
定價四十錢

本扉（共紙一頁、二頁白）
小序（三—五頁、サンド）
一八三二版の序（六—一三頁）
一八四二版の序（一四—二二頁）
中扉（アンヂアナ上卷、二三頁、二四頁白）
本文（二五—二四五頁、二四六頁白）
後記（二四七頁、譯者識、二四八頁白）
奥付（二四九頁）
広告（二五〇頁—二六八頁）

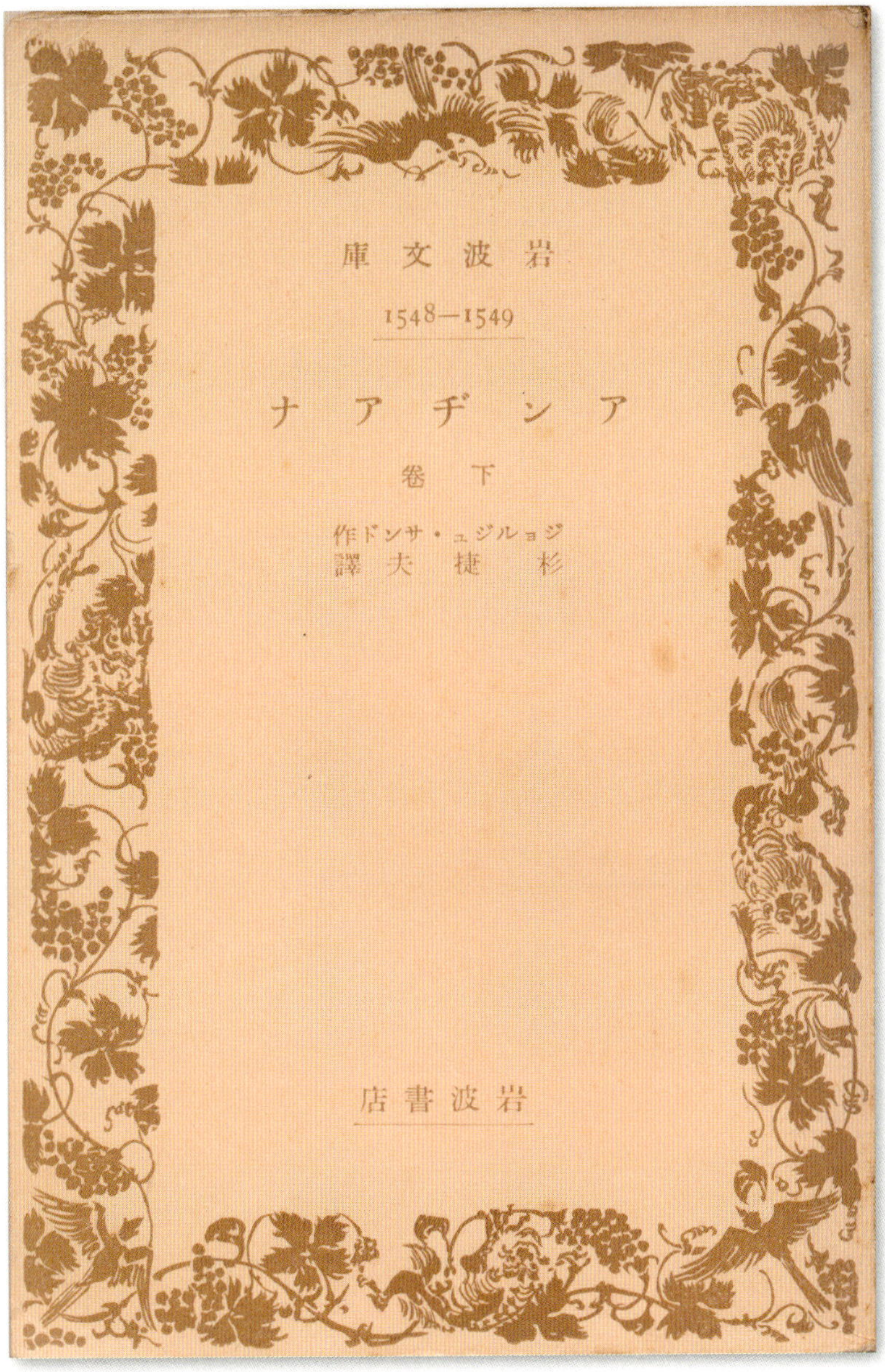

アンヂアナ（下巻）

（昭和十二年十月十五日発行）

ジョルジュ・サンド作
杉 捷夫譯
岩波文庫
岩波書店発行
定價四十錢

本扉（共紙一頁、二頁白）
中扉（アンヂアナ下巻、三頁、四頁白）
本文（第三部―結論、五―二四七頁、二四八頁白）
解説（二四九―二五三頁、譯者識）
初版序文の断片（二五四―二五五、二五六頁白）
奥付（二五七頁）
広告（読書子に寄す含む、二五八―二七六頁）

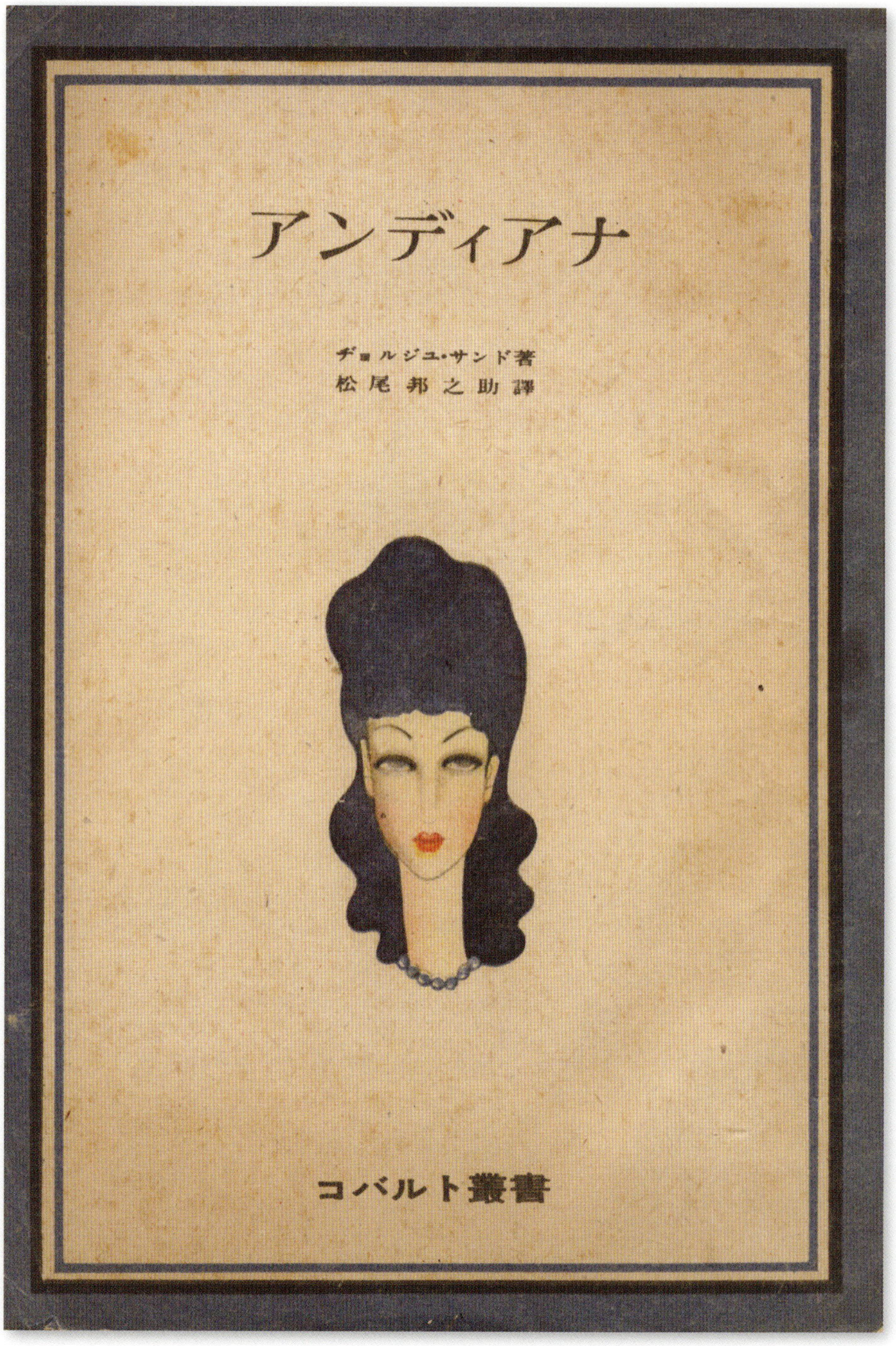

アンディアナ

（昭和二十三年三月三十日発行）

コバルト叢書
ヂョルジュ・サンド著
松尾邦之助訳
装幀　東郷青児
四六判並製本
コバルト社発行
定價百十圓

本扉（別紙、裏頁装幀者名）
序（一―五頁、訳者、六頁白）
目次（七―一〇頁）
中扉（一一頁、一二頁白）
本文（一三―二九九頁、三〇〇頁白）
奥付（三〇一頁）
広告（三〇二頁、三〇三―三〇四頁白）

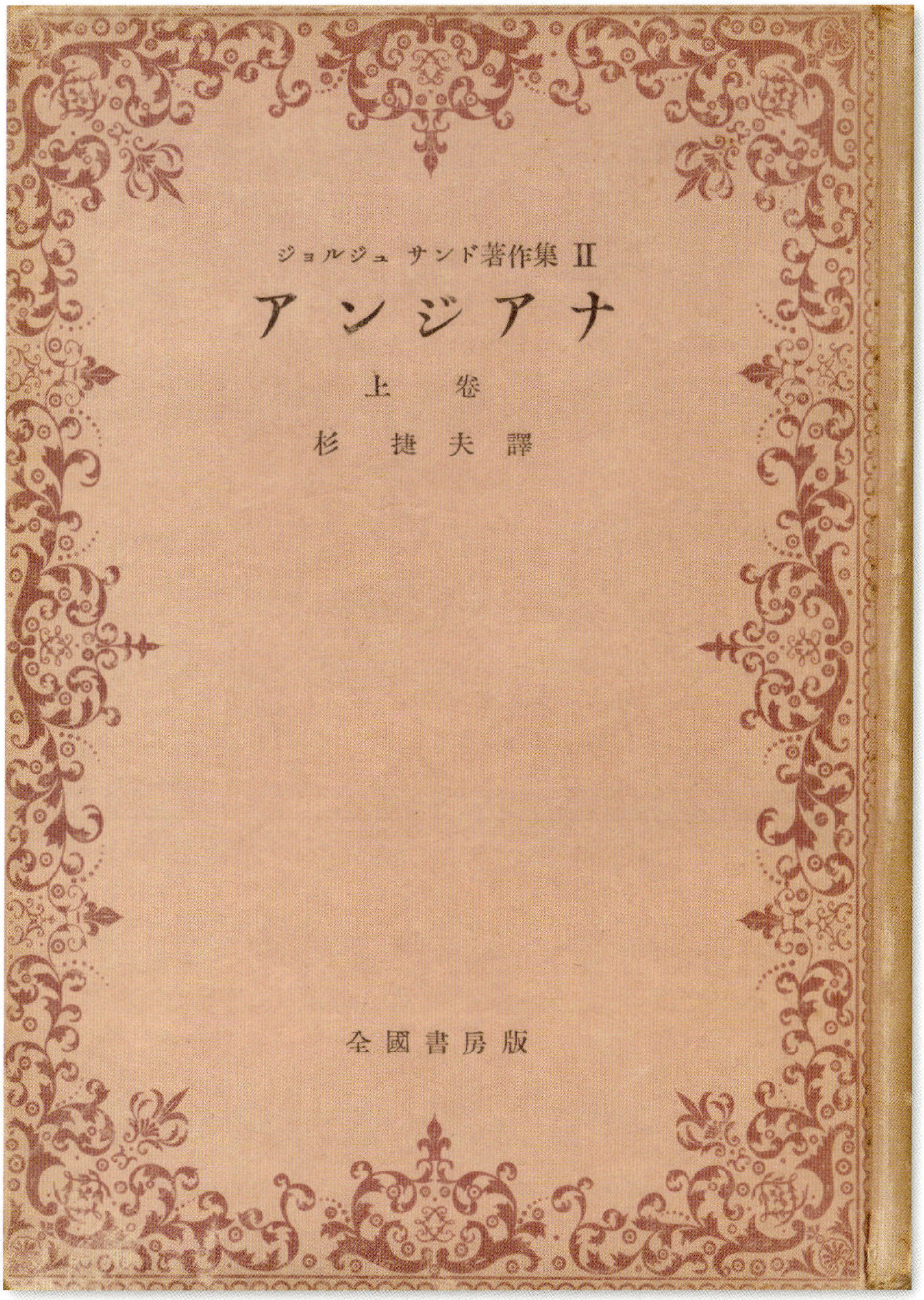

アンジアナ（上巻）

（昭和二十四年四月廿五日発行）

ジョルジュ・サンド著作集II
杉　捷夫譯
B６判上製本
全國書房発行
定價二〇〇圓

本扉（別紙、裏頁白）
小序（一―三、サンド）
一八三二年版の序（四―一二頁）
一八四二年版の序（一三―二二頁）
中扉（二三頁、二四頁白）
本文（第一部一―八章、二五―一四四頁、第二部九―一六章、一四五―二五八頁）
奥付（見返しに貼奥付）

アンジアナ（下巻）

（昭和二十四年六月二十日発行）

ジョルジュ・サンド著作集Ⅲ
杉　捷夫譯
B6判上製本
全國書房発行
定價二〇〇圓

本扉（別紙、裏頁白）
中扉（共紙一頁、二頁白）
本文（第三部十七—二十四章、三—一二四頁、第四部二十五—三十章、一二五—二三九頁、結論、二四〇—二六〇頁）
解説（二六一—二六六頁）
初版序文の断片（岩波文庫後記の書きかえ、譯者、二六六—二六七頁、二六八頁白）
奥付（見返しに貼奥付）

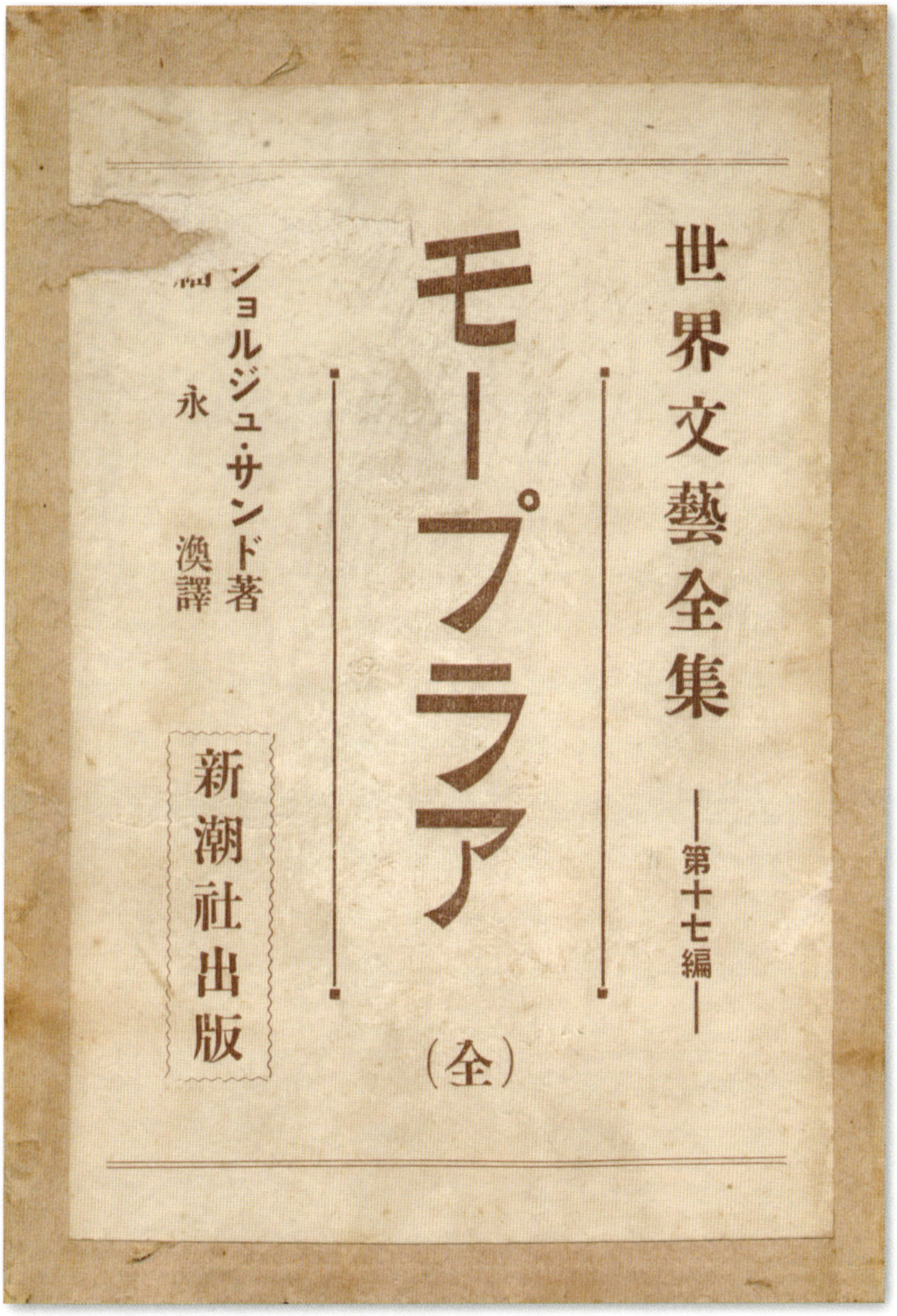

モープラア（全）

（大正十二年十一月五日発行）

世界文藝全集―第十七編―
ジョルジュ・サンド著
福永　渙譯
Ｂ６判上製本箱入
新潮社発行
定價貳圓五拾錢

本扉（別紙、裏頁白）
原著者序（本文共紙一―二頁、齊藤寛訳）
訳者序（一―六頁）
中扉（一頁、二頁白）
本文（三―五七六頁）
奥付（五七七頁）
広告（五七八―五八〇頁）

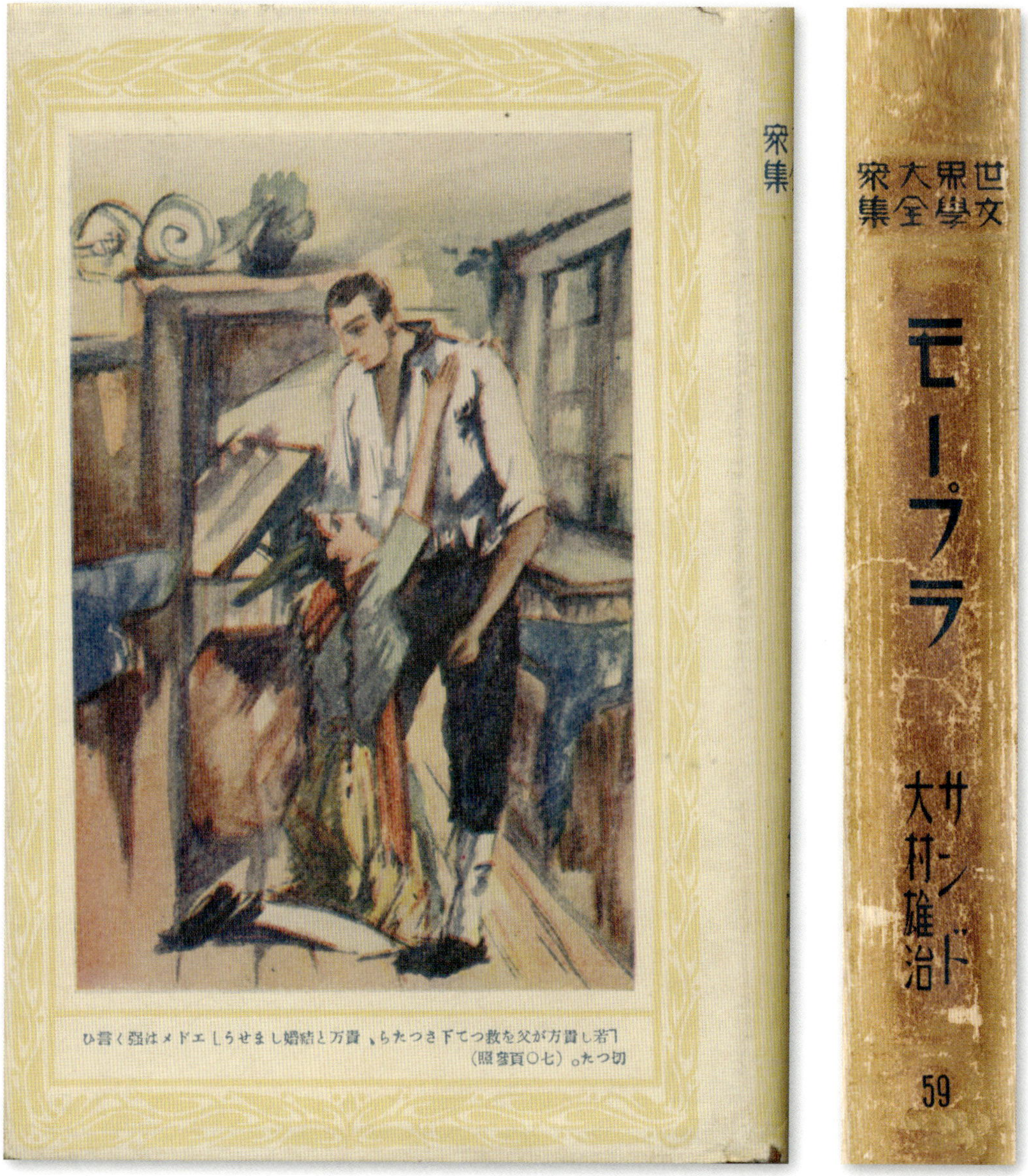

モープラ

（昭和六年二月十二日発行）

世界大衆文学全集第五十九巻
サンド
大村雄治
文庫判上製カバー
改造社発行
定価未記載

本扉（二色刷）口絵（カラー印刷一頁）
小序（一―二頁、譯者）
序（四―五頁、一八五七年、サンド）
献辞（六頁、ギュスターヴ・パペに捧ぐ　サンド）
中扉（七頁）
本文（八―四三〇頁）
奥付（四三一頁）
広告（四三二―四三八頁、全集総内容）

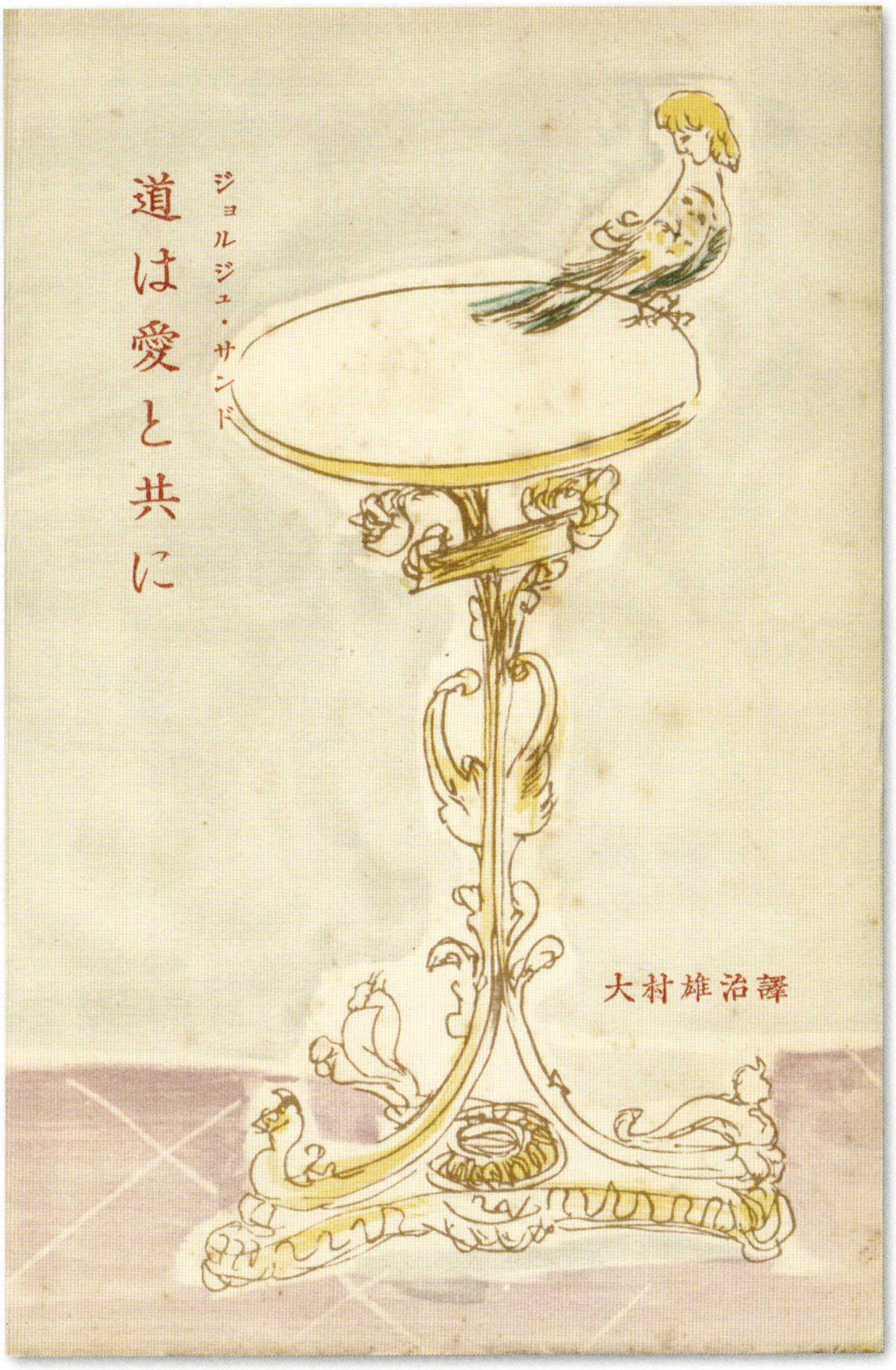

道は愛と共に（モープラ）

（昭和二十五年三月十日発行）

ジョルジュ・サンド
大村雄治譯
装幀仲田菊代
四六判フランス装
改造社発行
定價貳百七拾圓

本扉（別紙二色刷、裏頁装幀者名）
ジョルジュ・サンドについて（一―三頁、四頁白）
序（一八五七年六月五日・サンド、五―六頁）
中扉（七頁）
献辞（ギュスターヴ・パペに捧ぐ・サンド、八頁）
本文（九頁―三八七頁、三八八頁白）
奥付（三八九頁、三九〇頁白）
※昭和六年発行『モープラ』を改譯したもの。

※98％に縮小

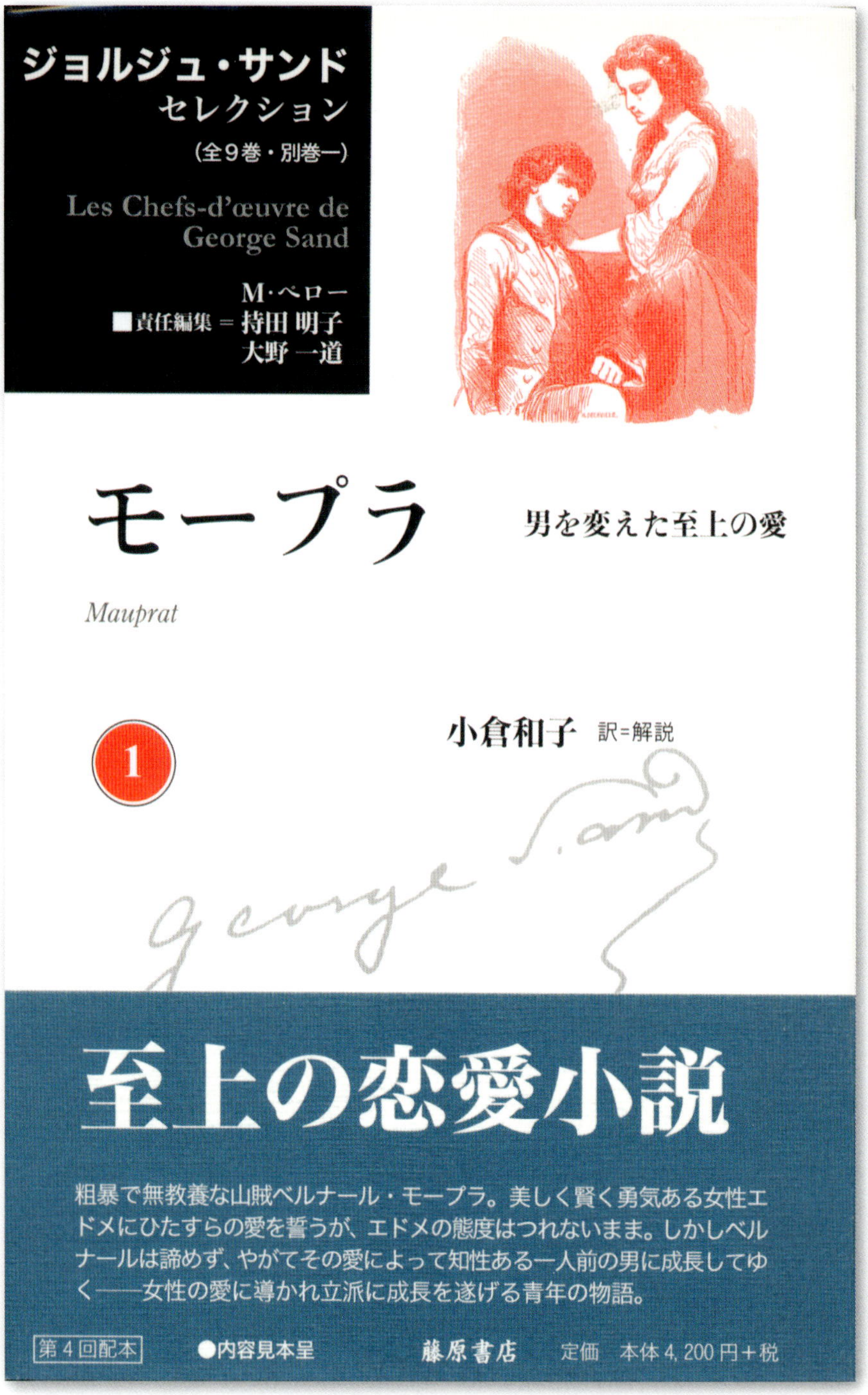

モープラ

（二〇〇五年七月三〇日発行）平成17年
ジョルジュ・サンドセレクション1
小倉和子訳＝解説
四六判変型フランス装・カバー・帯付
藤原書店発行
定価（本体四二〇〇円＋税）

本扉（別紙、裏頁＝仏文表題）
もくじ（共紙、一―二頁）
中扉（三頁）
ベリー地方の略図（四頁）
序（五―六頁、一八五一年六月五日、サンド）
献辞（ギュスターヴ・パペに捧ぐ、サンド、七頁）
本文（八―四九〇頁）
訳者解説（四九一―五〇〇頁）
奥付（五〇一頁）
広告（五〇二―五〇四頁）

94%に縮小

スピリディオン

（二〇〇四年一〇月三〇日発行）平成16年
ジョルジュ・サンドセレクション2
大野一道訳＝解説
四六判変形フランス装・カバー・帯付
藤原書店発行
定価（本体二八〇〇円＋税）

本扉（別紙、裏頁＝仏文表題）
もくじ（共紙、一頁、二頁白）
中扉（三頁、四頁白）
本書を完成するまでの経緯（一八五五年、サンド、五頁）
献辞（ピエール・ルルー氏へ、サンド、六頁）
本文（七―三一四頁）
訳者解説（三一五―三二一頁、三二二頁白）
奥付（三二三頁）
広告（三二四―三二八頁）

94％に縮小

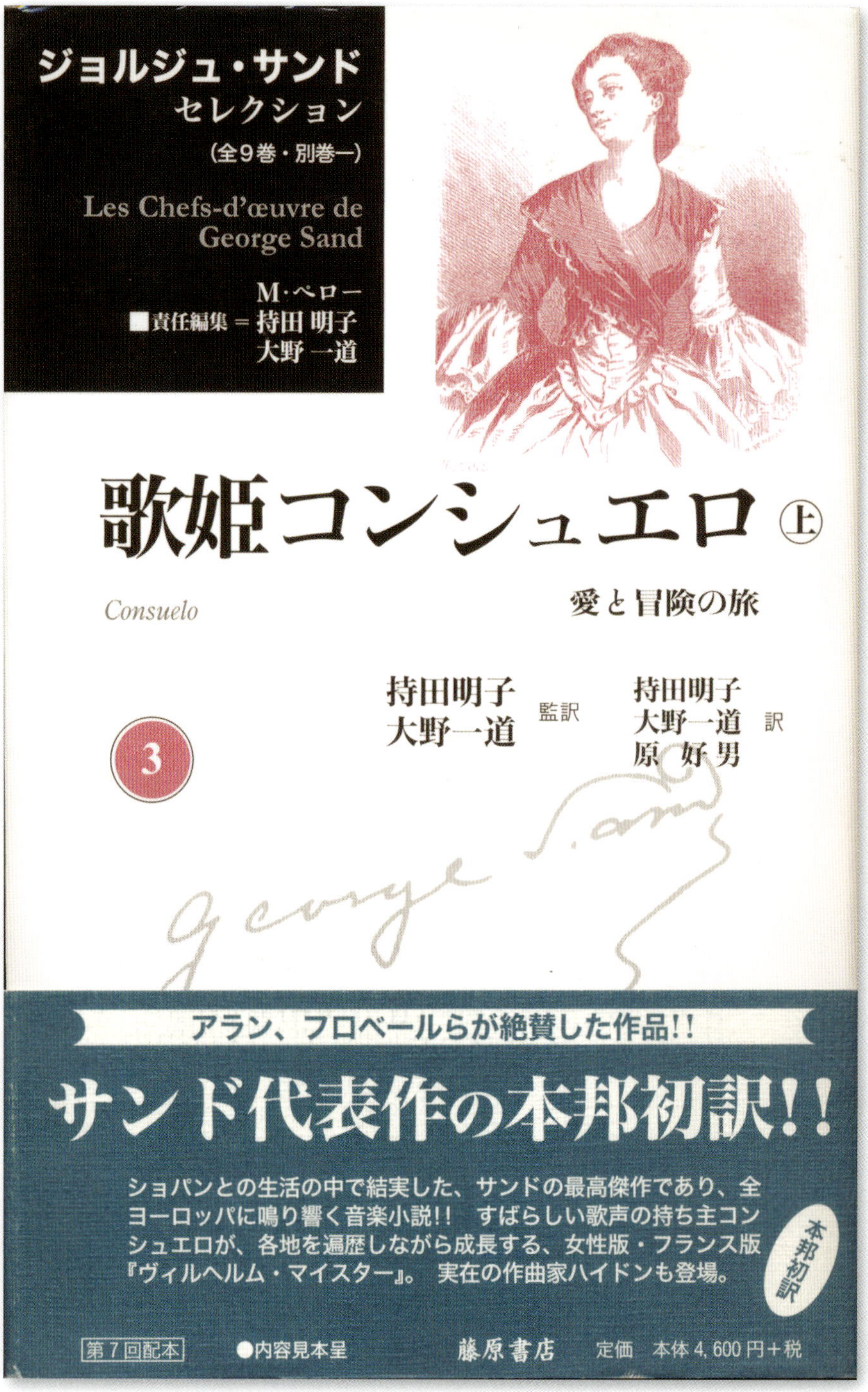

歌姫コンシュエロ㊤

（二〇〇八年五月三〇日発行）平成20年

ジョルジュ・サンドセレクション3
持田明子・大野一道・原好男・訳
四六判変型フランス装・カバー・帯付
藤原書店発行
定価（本体四六〇〇円＋税）

本扉（別紙、裏頁＝仏文表題）
もくじ（共紙、一―四頁）
中扉（五頁）
献辞（ボリーヌ・ヴィアルド夫人へ、六頁）
本文（第Ⅰ部・第Ⅱ部、七―七三六頁）
地図・コンシュエロの旅（七三七頁、七三八頁白）
奥付（七三九頁）
広告（七四〇―七四四頁）

94％に縮小

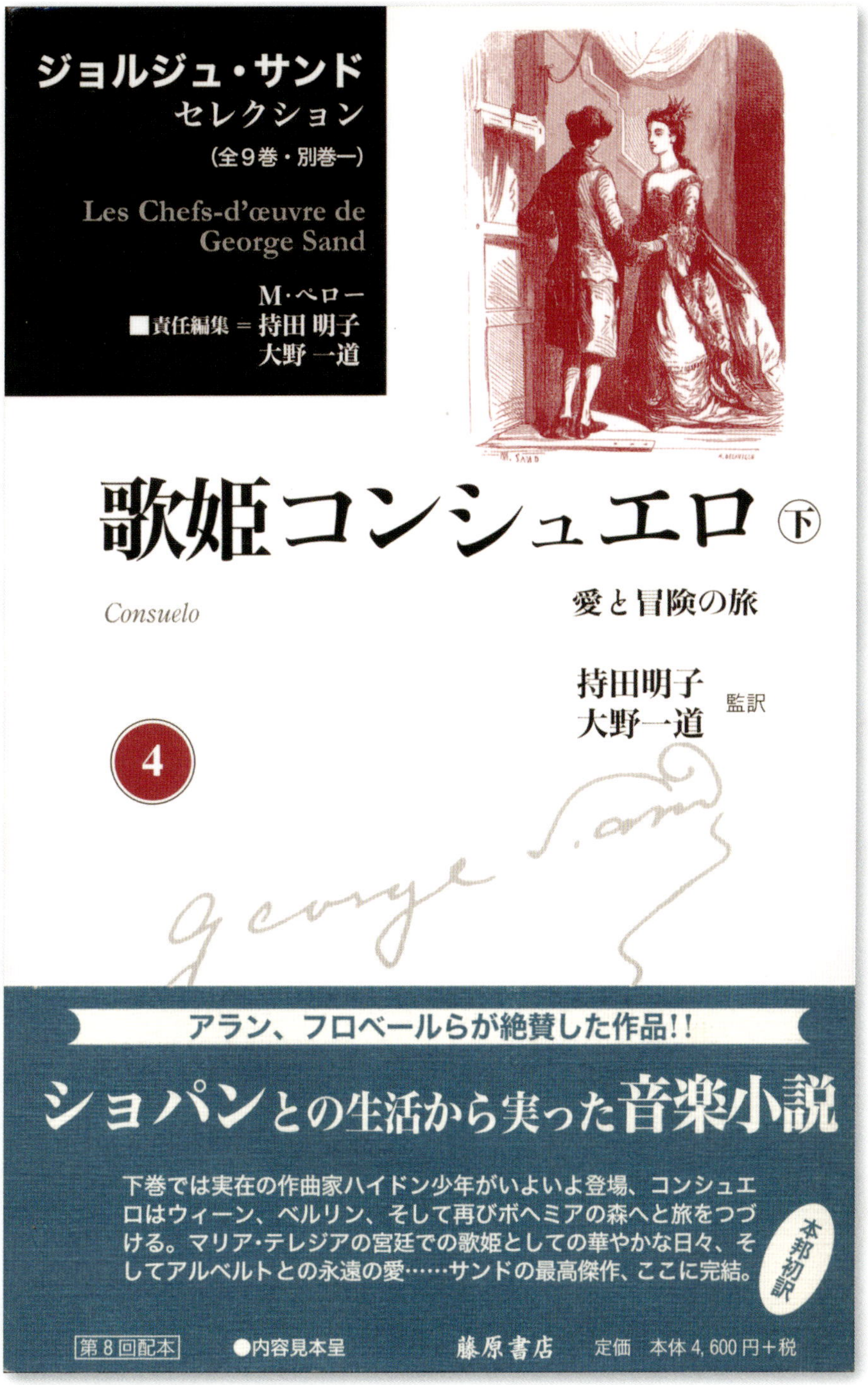

歌姫コンシュエロ㊦

（二〇〇八年六月三〇日発行）平成20年
ジョルジュ・サンドセレクション4
持田明子・大野一道・原好男・山辺雅彦・訳
四六判変型フランス装・カバー・帯付
藤原書店発行
定価（本体四六〇〇円＋税）
本扉（別紙、裏頁＝仏文表題）
もくじ（共紙、表示ナシの一―四頁）
中扉（表示ナシの五頁）
地図・コンシュエロの旅（表示ナシの六頁）
本文（第Ⅲ部・第Ⅳ部、七三七―一三三九頁、上巻よりの通し頁）
監訳者あとがき（持田明子、一三四〇―一三四六頁）
奥付（一三四七頁）
広告（一三四八―一三五四頁）

94％に縮小

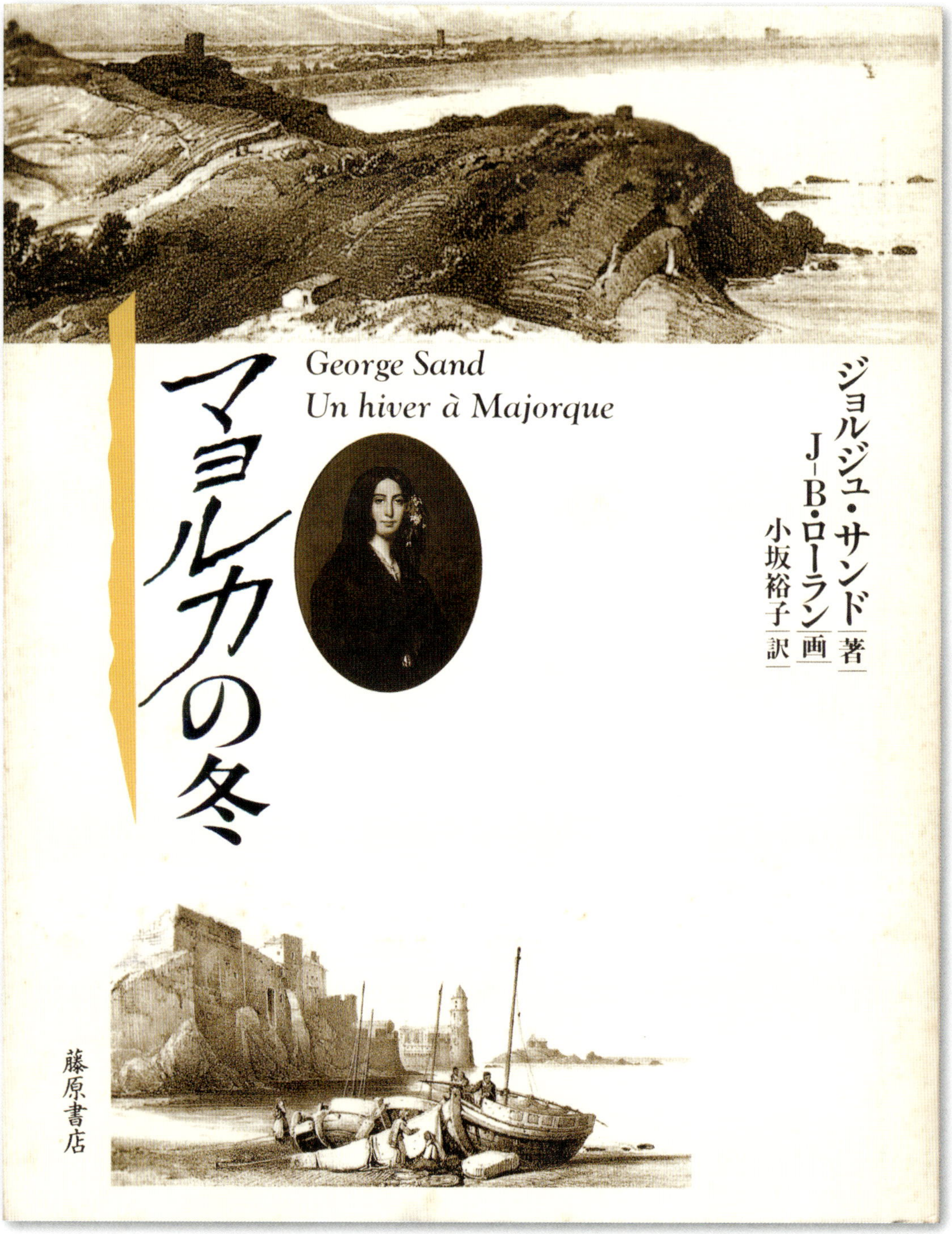

マヨルカの冬

（一九九七年二月二〇日発行）平成九年
ジョルジュ・サンド著
小坂裕子訳
ローラン画
A5変型判上製本、カバー
藤原書店発行
定価（本体三二〇〇円）
本扉（別紙、裏頁白）
目次（一—三頁）
地図（四—五頁、六頁装幀者名・毛利一枝）
中扉（七頁、八頁・凡例）
覚え書き（九頁、一八五五年、サンド）
本文（一〇—二五四頁）
訳注（二五五—二六二頁）
訳者あとがき（二六三—二六九頁、二七〇頁白）
奥付（二七一頁、訳者紹介あり）
広告（二七二頁）
94％に縮小

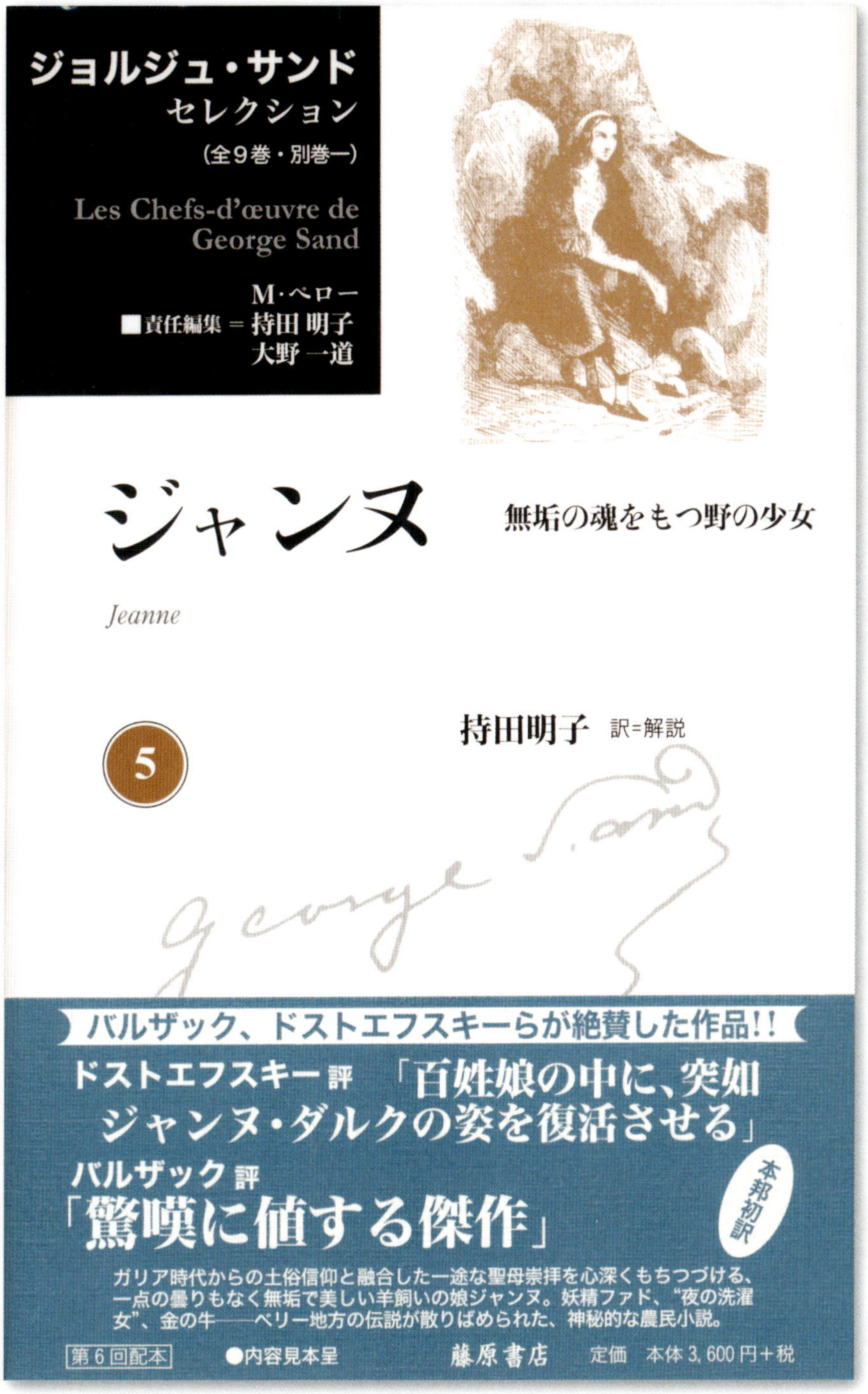

ジャンヌ

（二〇〇六年六月三〇日発行）平成18年
ジョルジュ・サンドセレクション5
持田明子訳＝解説
四六判変型フランス装・カバー・帯付
藤原書店発行
定価（本体三六〇〇円＋税）
本扉（別紙、裏頁＝仏文表題）
もくじ（共紙、一―二頁）
中扉（三頁）
ベリー地方の地図（四頁）
献辞（フランソワーズ・メイヤンへ、五頁、六頁白）
本文（七―四二〇頁）
作品解題（サンド、四二一―四二三）
訳者解説（四二四―四三六頁）
奥付（四三七頁）
広告（四三八―四四〇頁）

94％に縮小

魔ヶ沼

（大正元年十月十八日発行）

ヂョルジュ　サンド
渡邊千冬譯
口絵一枚（岡田三郎助）
四六判上製箱入
警醒社書店発行
定価（未記載、貳圓？）

本扉（魔ヶ沼とのみ赤文字）
自序（1～4頁）
エルパイン「農夫と死」の絵
ヂョルジュ　サンド肖像画
緒言（譯者、1―22頁、全文赤字印刷）
目次（1頁）
本文（一―二四八頁）
奥付（二四九頁）
広告（二五〇頁―二五四頁）
（登場人物名はすべて日本名である）

92％に縮小

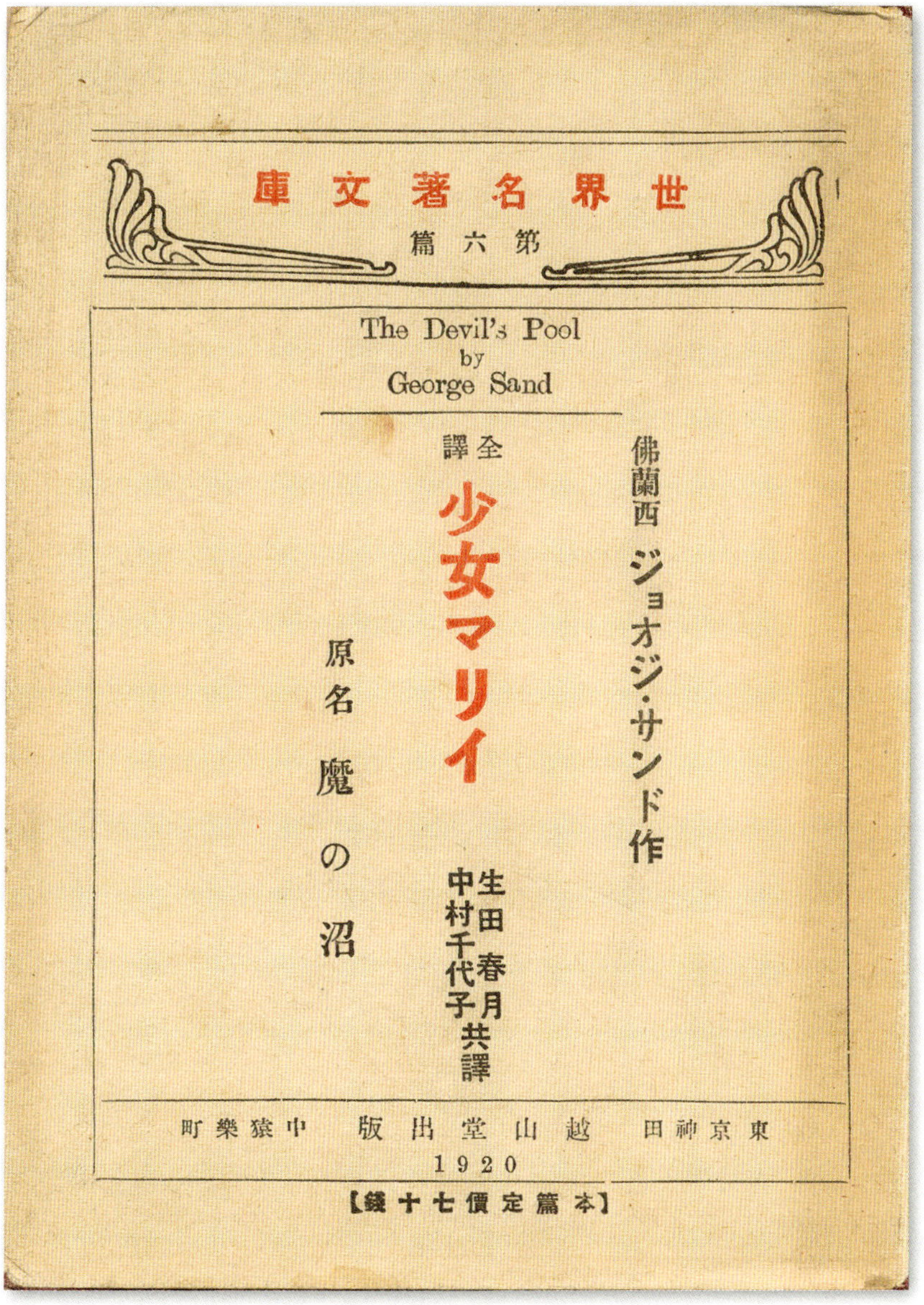

少女マリイ（原名　魔の沼）

（大正八年十二月三十日発行）

世界名著文庫第六編
ジョオジ・サンド作
生田春月・中村千代子共譯
上製カバー付
越山堂出版発行
定價金七十銭

サンドの肖像写真（別紙）
本扉（別紙二色刷）
邦譯者の緒言（一九一九年晩秋、生田春月、一頁―五頁）
ジョルジュ・サンド　少女マリイ　目次（七―八頁、カバーの「ジョオジ・サンド」とは表記が違っている）
著者の緒言（一八五一年四月一二日、サンド、九―一〇頁）
著者より讀者へ（一一―一七頁）
中扉（少女マリイ　ジョルジュ・サンド、一九頁）
本文（第一―第十六、二〇―一五〇頁）
奥付（一五一頁）
広告（三頁付）

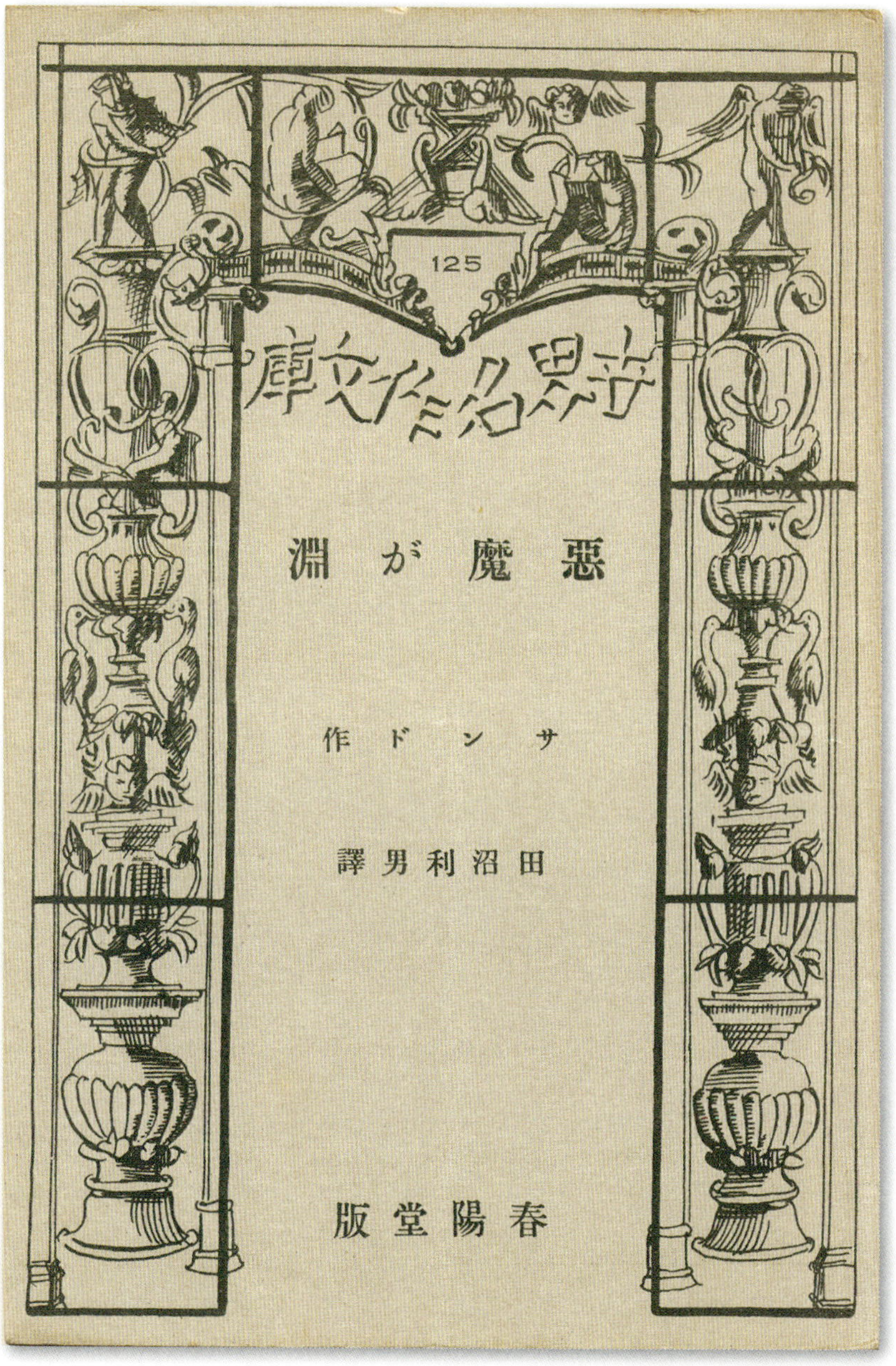

惡魔が淵

（昭和七年九月一日発行）

世界名作文庫125
サンド作
田沼利男譯
春陽堂発行
定價金拾銭

本扉（共紙、裏頁白）
原作者小傳（一九三二年、譯者、一―三頁）
カルマン・レヴィー社版より翻譯。
本文中扉（一頁、二頁白）
本文（一―一五章、三―一〇〇頁）
奥付（一〇一頁）
広告（一五頁付）

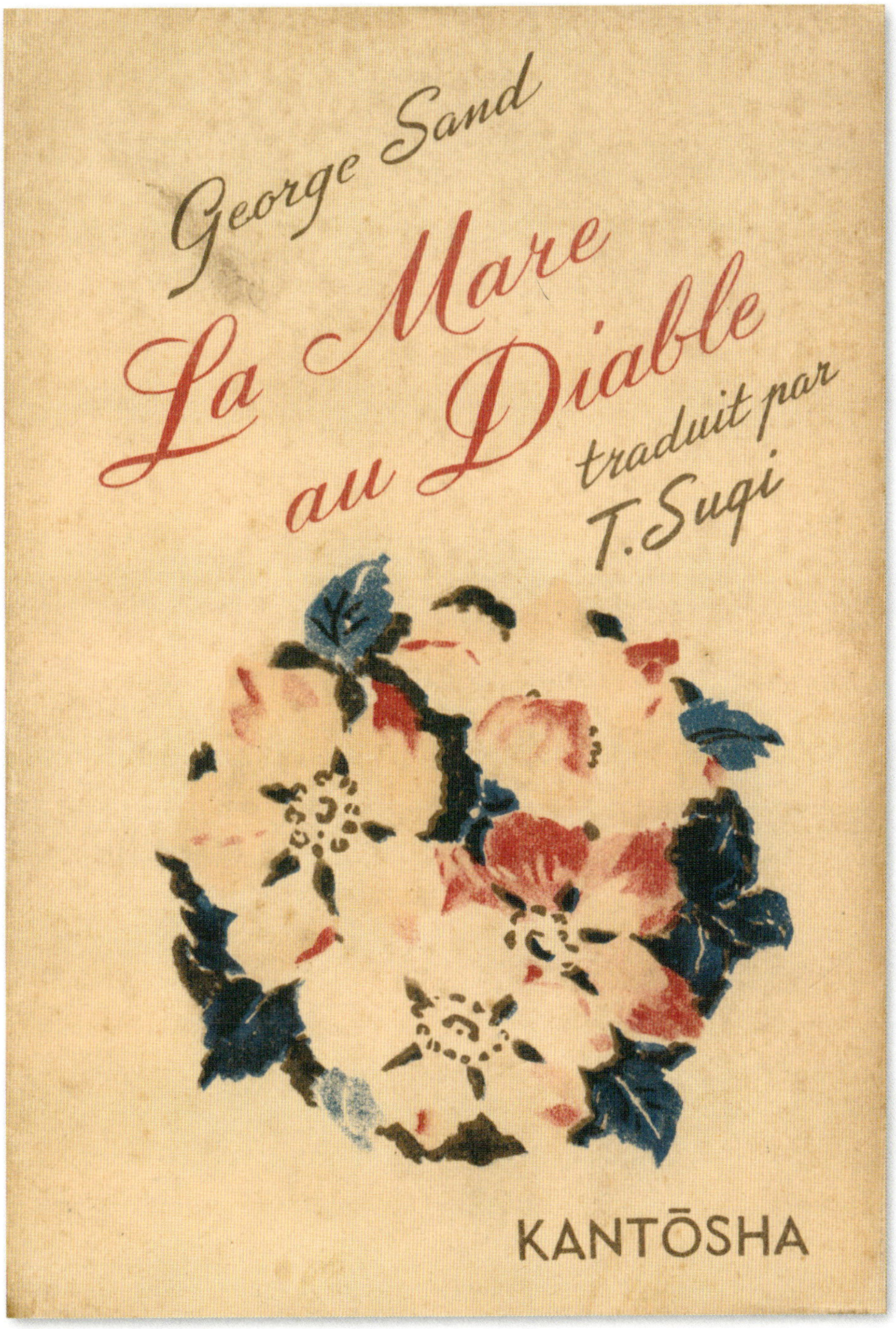

魔の沼

（昭和23年3月30日発行）

ジョルジュ・サンド
杉　捷夫譯
装幀挿絵・ブブノワ夫人
B6判フランス装
酣燈社発行
定價九〇圓

本扉（別紙二色刷、裏頁白）
目次（共紙三—六頁）
はしがき（七—九頁、一〇頁白）
中扉（一一頁、一二頁白）
本文（一三—一九〇頁）
附録（一田舎の婚禮、二衣裳わたし、三婚禮、四きゃべつ、一九一—二五三頁、二五四頁白）
解説（サンド系譜・サンド年譜、二五五—二六四頁、譯者しるす）
サンド系図（二六五頁）
サンド略年譜（二六六—二八四頁）
奥付（二八五頁）
白頁（二八六—二八八頁）

魔の沼

（昭和23年7月1日発行）

名作小説3号
ジョルジュ・サンド
近藤　等　譯
赤澤　薫　畫
A5判
岡倉書房発行
¥30

本書は、「娯楽と教養のダイジェスト雑誌」とサブタイトルのある雑誌で、本号には、ディケンズ「骨董店」（大久保康雄譯）、サンド「魔の沼」（近藤等譯）、ツルゲエフ「初戀」（山田久徳譯）、名作解説「風と共に去りぬ」（大久保康雄）が収録されている。いずれも翻案である。

89％に縮小

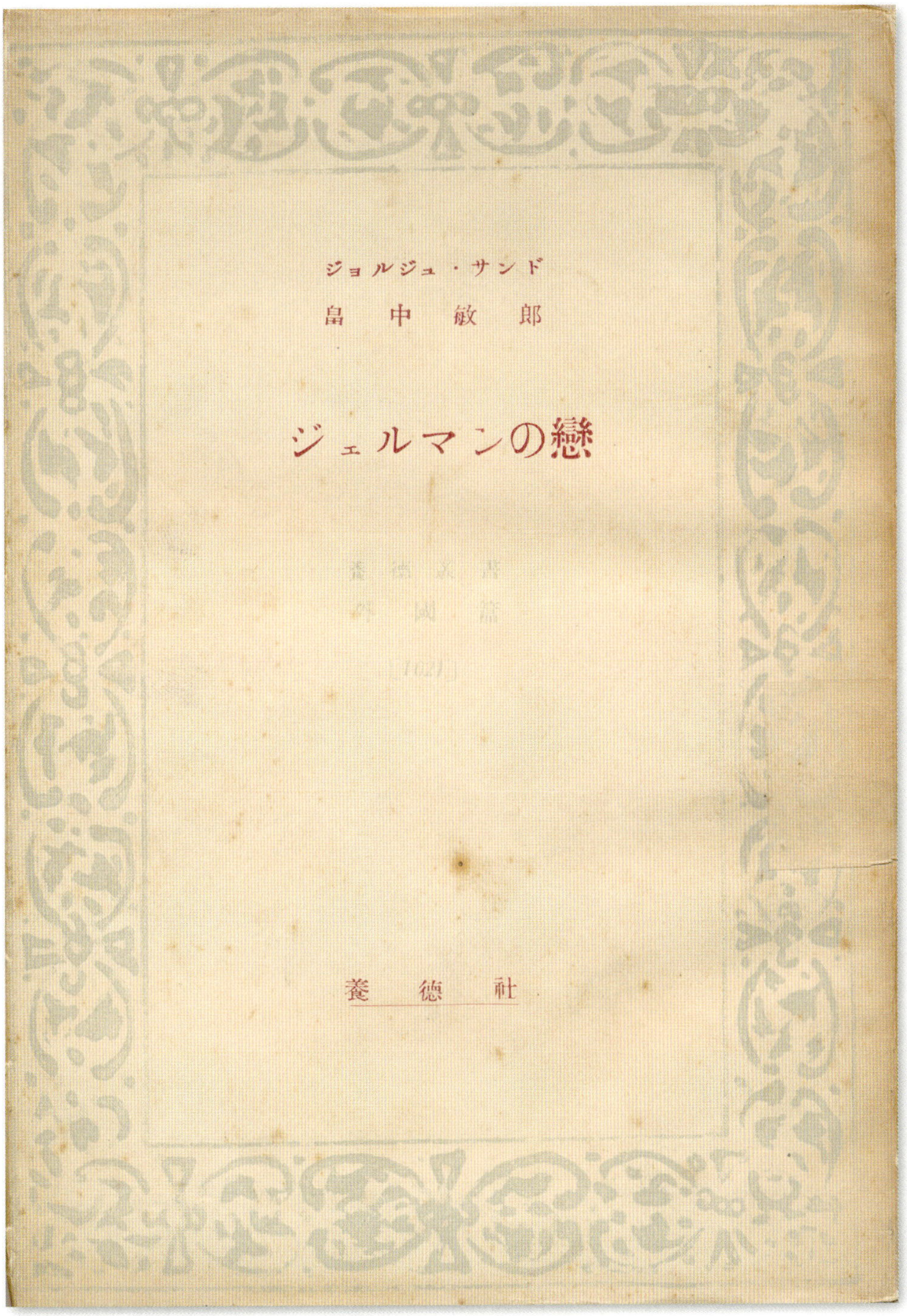

ジェルマンの戀（魔の沼）

（昭和二三年九月一五日発行）

養徳叢書外国編一〇二一
ジョルジュ・サンド
畠中敏郎
B6判フランス装
養徳社発行
定価一〇〇圓

本扉（一枚）
口絵（サンド像）
序（一―二頁、一八五一年　サンド）
目次（三―四頁）
中扉（五頁）
本文（六―一二八頁）
附録（一二九―一七二頁、田舎の婚禮、結納
　贈り、祝言、キャベツ祭）
註（一七三―一七四頁）
解説（一七五―一八三頁、譯者）
奥付（一八五頁）
広告（一八六頁、養徳叢書外国編）

魔の沼

（昭和二三年十月廿五日発行）

フランス文学選集5
ジョルジュ・サンド作
淺見　篤譯
B6判フランス装
晃文社（京都）発行
定價百貳拾圓

本扉（別紙）
小序（一—二頁、一八五一年サンド）
目次（三頁）
魔の沼中扉（五頁）
魔の沼本文（六—一四九頁）
田舎の婚禮中扉（一五一頁）
田舎の婚禮本文（一五二—一九九頁）
あとがき（二〇〇—二〇二頁、譯者）
奥付（二〇三頁）
広告（二〇四頁、フランス文学選集ほか）

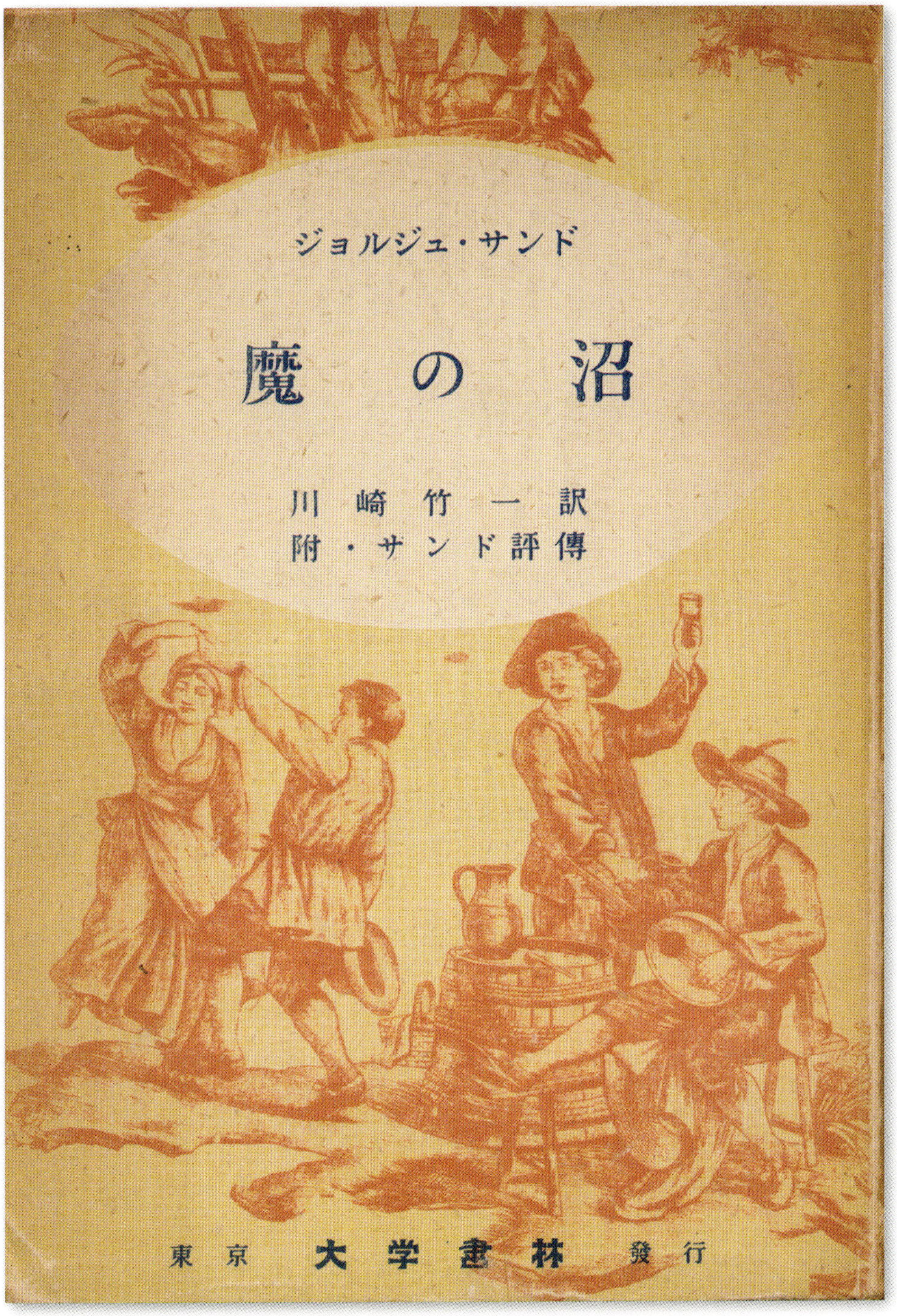

魔の沼

（昭和二十四年五月三十日発行）

ジョルジュ・サンド選集2
ジョルジュ・サンド
川崎竹一訳
挿絵・明田川孝
Ｂ６判軽上製本
大学書林発行
定価一七〇円

本扉（別紙二色刷、裏頁原題）
口絵（ドラクロア筆、サンド、裏頁白）
はしがき（一—三頁、サンド）
目次（四—六頁）
中扉（七頁、八頁白）
本文（九—一九〇頁）
ジョルジュ・サンド評傳（川崎竹一、一九三—二四七頁）
ジョルジュ・サンド書誌（二四七—二五二頁）
奥付（二五三頁、貼奥付）
広告（二五四—二五六頁）

魔の沼

（昭和二十七年二月五日発行）

ジョルジュ・サンド作
杉捷夫譯
文庫版、帯、シオリひも付
岩波書店発行
臨時定價八拾圓

本扉（共紙一頁、二頁白）
目次（三―四頁）
はしがき（一八五一年四月、サンド、五―六頁）
中扉（七頁、八頁白）
本文（九―一四一頁）
付録一　田舎の婚禮（一四二―一五一頁）
付録二　衣裳わたし（一五二―一六二頁）
付録三　婚禮（一六三―一七二頁）
付録四　キャベツ（一七三―一八四頁）
解説（一八五―一九〇頁）
奥付（一九一頁）
広告（一九二―一九四頁）

魔が沼

（昭和二十七年十月三十日発行）

ジョルジュ・サンド
宇佐見英治譯
角川文庫440
角川書店発行
臨時定價七拾圓

本扉（共紙一頁、二頁白）
目次（三頁、挿絵四頁）
中扉（五頁）
はしがき（六―七頁、サンド）
本文（八―一二二頁）
附録中扉（一二三頁）
　一・田舎の結婚祝ひ、二・結納をさめ、三・婚禮、四・キャベツ（一二四―一六一頁）
譯註（一六二―一六三頁）
解説（一六四―一六七、譯者、一六八頁白）
奥付（一六九頁）、広告（一七〇―一七四頁）

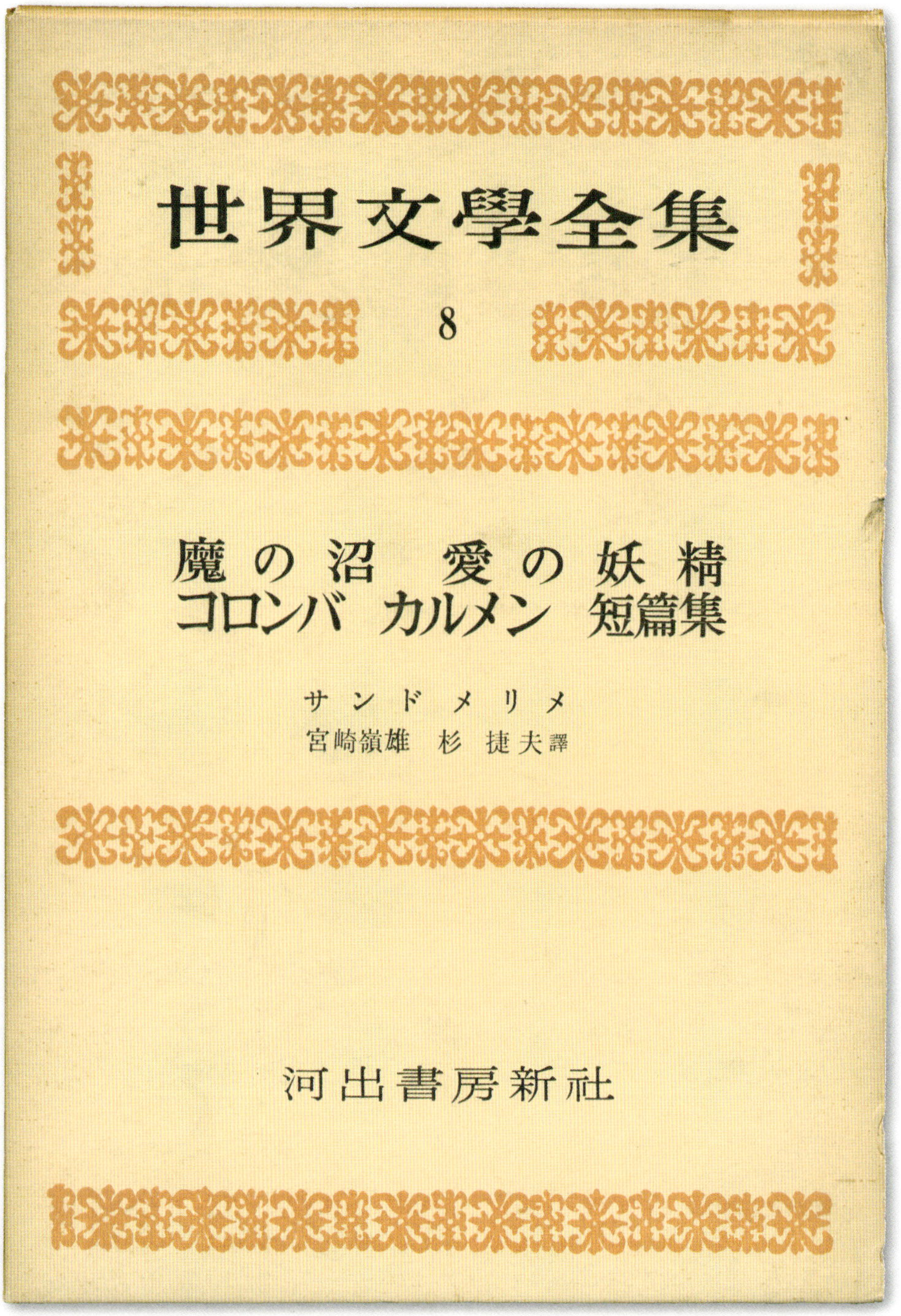

魔の沼・愛の妖精

（昭和三三年八月一五日発行）

世界文学全集8（サンド・メリメ）
宮崎嶺雄訳
装幀・恩地孝四郎
河出書房新社発行
A5判上製箱入、本文3段組（総三八六頁）
定価三八五円

収録作品（魔の沼、愛の妖精、他はメリメ）
口絵二頁（サンド肖像［ドラクロア筆］、サンドの生家、ノアンの城館掲載）
解説「ジョルジュ・サンド」（宮崎嶺雄）
魔の沼（扉、七頁）
　はしがき（サンド、一八五一年四月一二日）
　本文（一―一七章、一〇―五七頁）
　付録（一―四章、五七―七三頁）
愛の妖精（扉、七五頁）
　はしがき（サンド、一八五一年一二月二一日）
　本文（一―四十章、七九―一七〇頁）
ジョルジュ・サンド年譜（三七一―三八一頁）
奥付（三八七頁）広告（三八八頁）
月報付（サンドと豚のおはなし・松田穣掲載）

78％に縮小

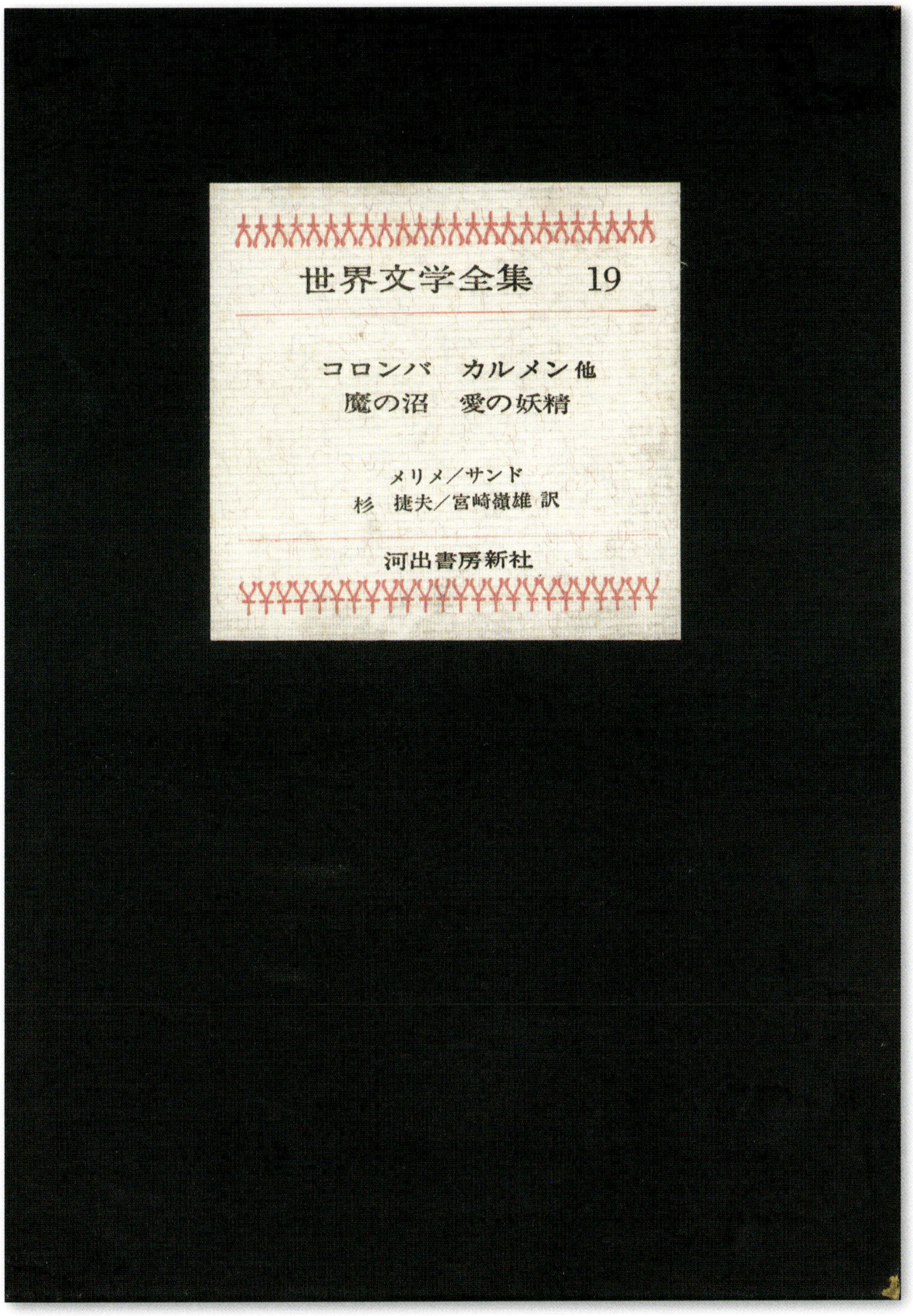

魔の沼
愛の妖精

（昭和三十六年十一月三十日発行）

世界文学全集19（全80巻）特製豪華版「サンド・メリメ編」
ジョルジュ・サンド
宮崎嶺雄訳
装幀　原弘
A5判上製箱入・スピン付、本文全三八二頁
河出書房新社発行
定価　全八十巻揃四万円

本扉（別紙一枚）
口絵（二頁の内サンド像〔ドラクロア筆〕、サンドの生家とノアンの城館）
目次（前付二頁）
解説（サンドについて一―三頁、宮崎嶺雄）
本文（三段組、魔の沼七―七三頁、愛の妖精七五―一七〇頁）他はメリメ編。
年譜（三七一―三八二頁）
奥付（三八三頁）

81％に縮小

愛の妖精
魔の沼
（昭和39年5月30日発行）

少女世界文学全集33
サンド
谷村まち子
装幀　近藤　聰・横井大侑
箱絵・口絵　辰己まさえ
さし絵　小野田俊
B６判上製本箱入
偕成社発行
定価２５０円

本扉（別紙二色刷、裏頁・刊行のことば）
口絵（一葉、裏頁白）
この物語について（共紙、谷村まち子、一頁）
目次（二―三頁）
この物語の主なる人々（四―五頁）
装幀者ほか名（六頁）
愛の妖精中扉（七頁）
　本文（八―二一二頁）
魔の沼中扉（二一三頁）
　本文（二一四―三〇九頁）
原作者と作品について（三一〇―三一六頁、訳者）
奥付（三一七頁）
広告（三一八―三二二頁）
※同名の全集で昭和四三年版、昭和46年版あり

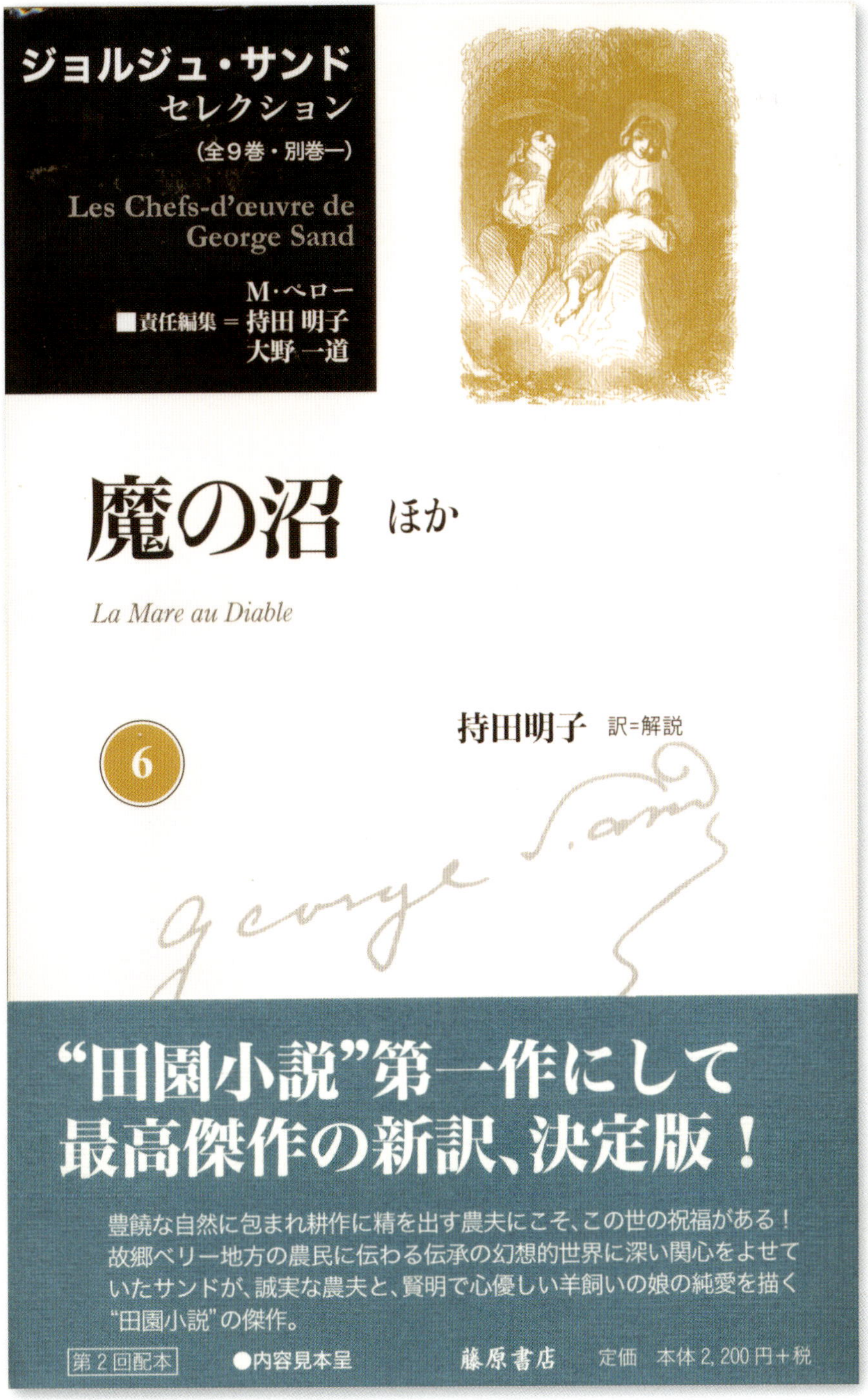

魔の沼ほか

（二〇〇五年一月三〇日発行）平成17年

ジョルジュ・サンドセレクション6

持田明子訳＝解説

四六判変形フランス装・カバー・帯付

藤原書店発行

定価（本体二二〇〇円＋税）

本扉（別紙、裏頁＝仏文表題）

もくじ（一―二頁）

中扉（三頁）

地図（ベリー地方・ノアン周辺、四頁）

魔の沼扉（五頁、六頁白）

作品解題（一八五一年四月一二日、サンド。七―八頁）

魔の沼本文（九―一八五頁、一八六頁白）

マルシュ地方とベリー地方の片隅扉（一八七頁、ブサック城のタピスリーの人物、モーリス・サンド画、一八八頁）

マルシュ地方とベリー地方の片隅本文（一八九―二〇〇頁）

ベリー地方の風俗と風習・扉（二〇一頁）

ベリー地方の風俗と風習・本文（二〇二―二一八頁）

訳者解説（持田明子、二一九―二二八頁）

奥付（二二九頁）

広告（二三〇―二三二頁）

94％に縮小

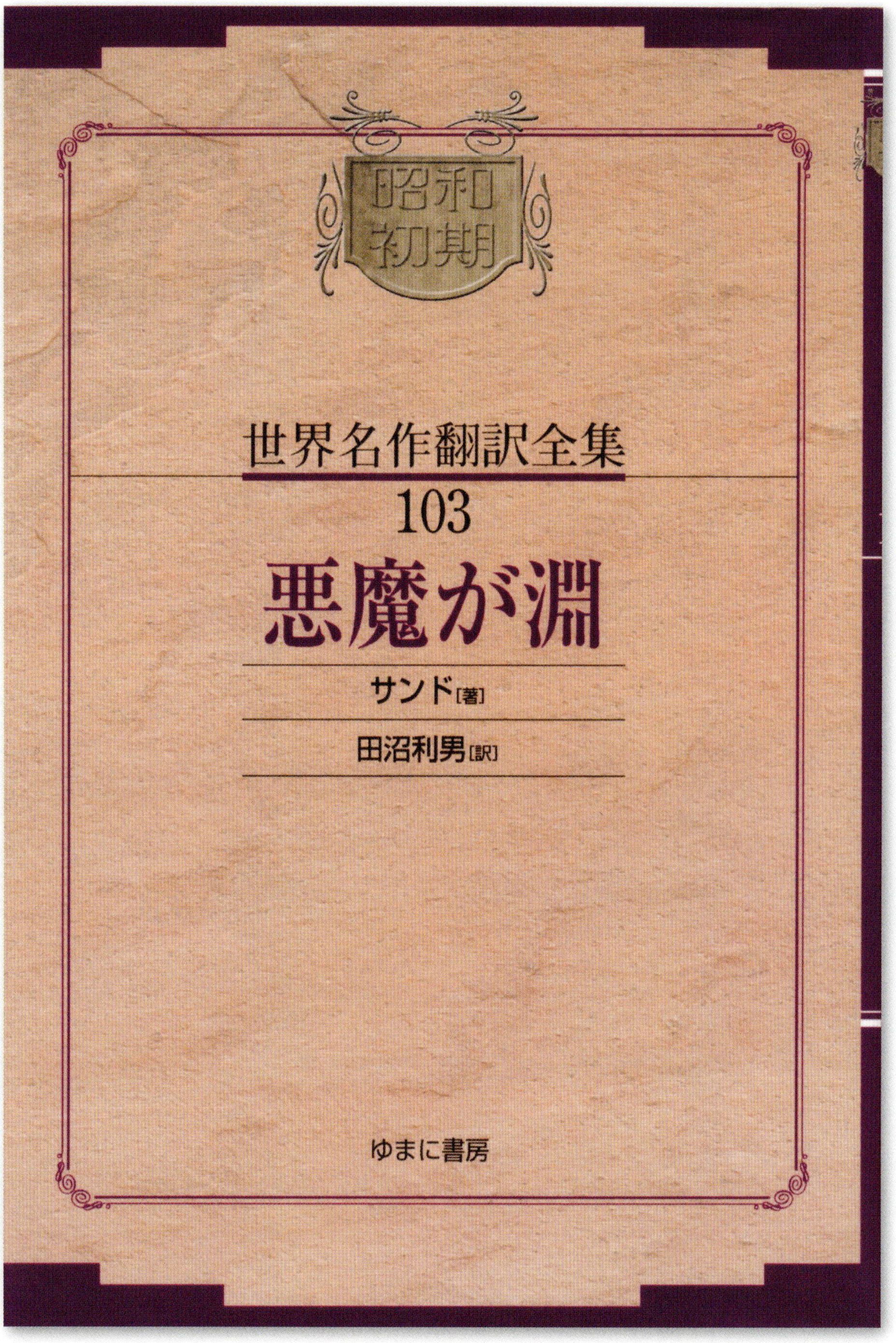

悪魔が淵

（二〇〇七年二月一五日発行）平成19年

昭和初期世界名作翻訳全集103
サンド著
田沼利男訳
B6判並製カバー
ゆまに書房発行
定価・本体三九〇〇円＋税

本扉（共紙、二頁白）
凡例（一―四頁）
旧版本扉（一頁、二頁白）
原作者小傳（一―三頁・譯者、四頁白）
旧版中扉（一頁、二頁白）
本文（三―一〇〇頁）
旧版奥付（一〇一頁、一〇二頁白）
本書奥付（一〇三頁、一〇四頁白）

＊本書は、昭和七年九月に発行された、春陽堂の『世界名作文庫一二五』を一一五％拡大の上、復刻。

97％に縮小

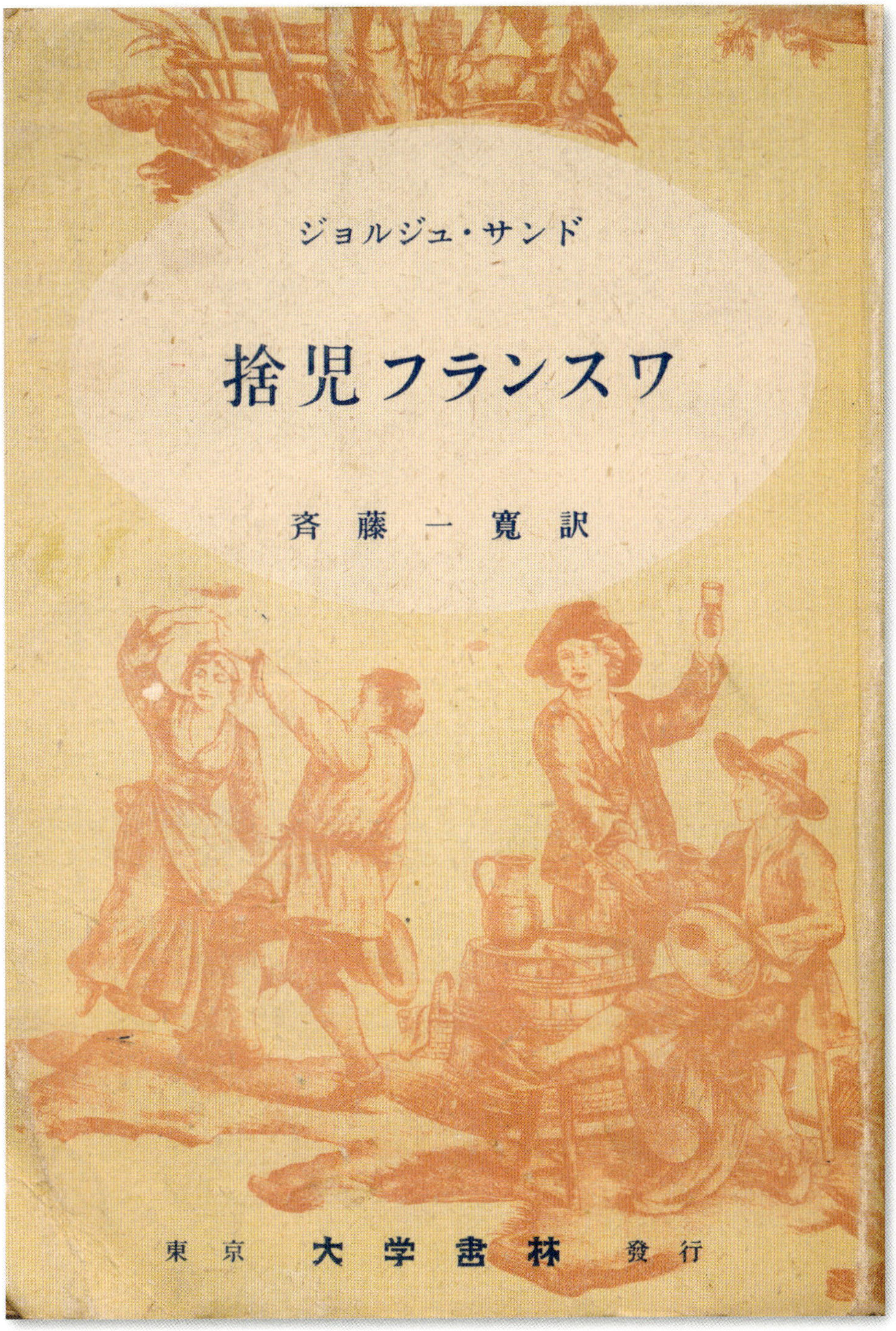

捨児フランスワ

（昭和二十四年五月三十日発行）

ジョルジュ・サンド選集3
ジョルジュ・サンド
斉藤一寛訳
B6判軽上製本
大学書林発行
定価一七〇円

本扉（別紙二色刷、裏頁原題）
口絵（7歳のサンド、裏頁原本のさし絵）
中扉（共紙一頁、裏頁は白）
本文（一―二四五頁、二四六頁白）
あとがき（二四七―二五二頁、訳者）
奥付（二五三頁、貼奥付）
広告（二五四頁、選集の予定としては、「永遠の愛人」（佐藤輝夫）、「ジャンヌ」（花島克己）、「コンスェロ」（河盛好蔵）以下、「愛の妖精」「笛師の群れ」「アンディアナ」が掲載されているが三巻で終ってしまったようである）

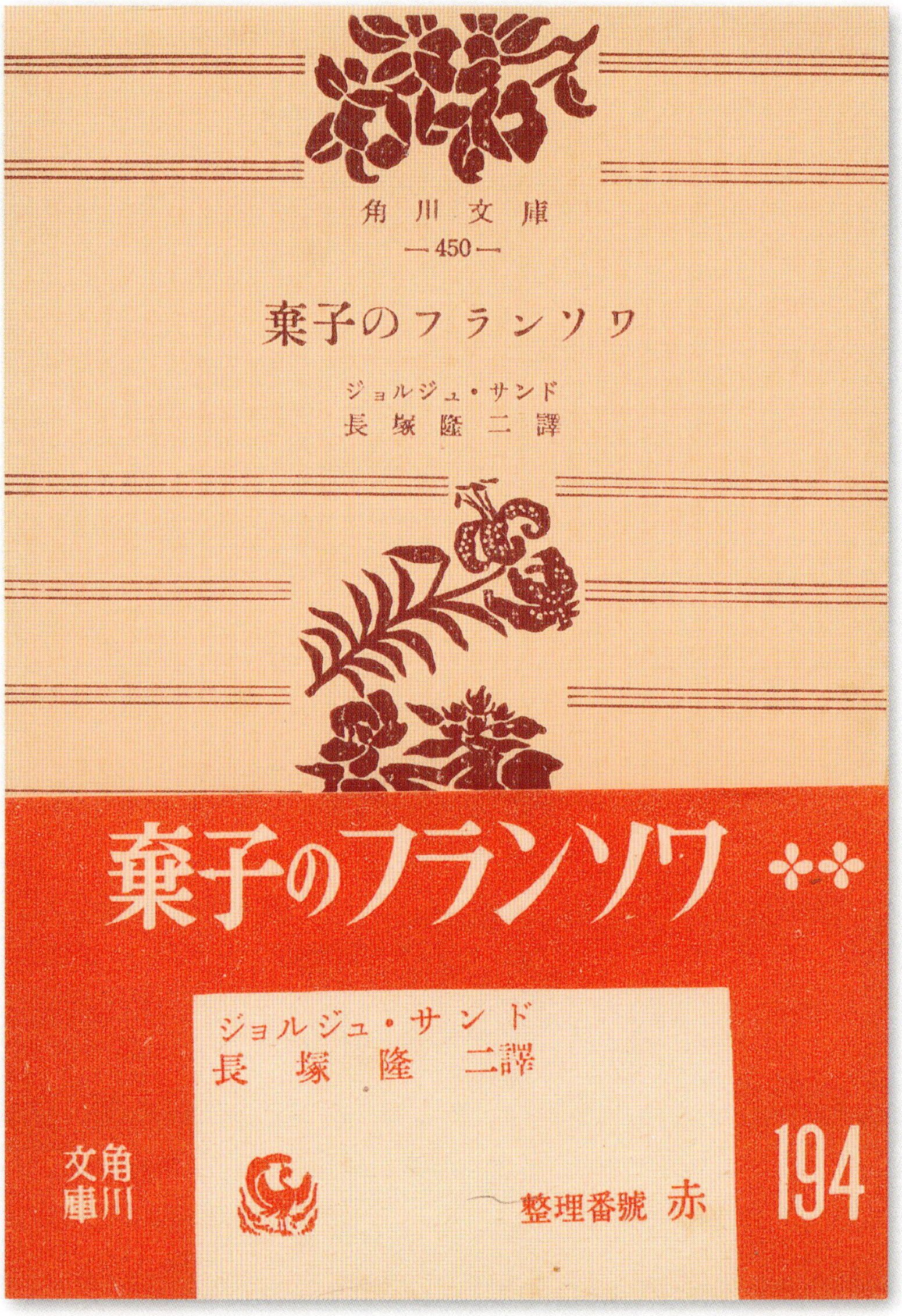

棄子のフランソワ

（昭和二十七年十月十五日発行）

ジョルジュ・サンド
長塚隆二訳
角川文庫（帯付）
角川書店発行
臨時定価七拾圓（ただし昭和30年版）

本扉（共紙一頁、二頁・妻への献辞）
献辞（妻葉子に捧ぐ）
小序（渡邊一夫、三—五頁）
はしがき（サンド、一八五二年、七—八頁）
序言（九—一三頁）
本文（一四—二一九頁）
譯註（二二〇—二二一頁）
あとがき（譯者、二二二—二二五頁）
サンドと譯者の略歴（二二六頁）が再版より
　加えられた。
奥付（二二七頁）
広告（二二八—二三〇頁）

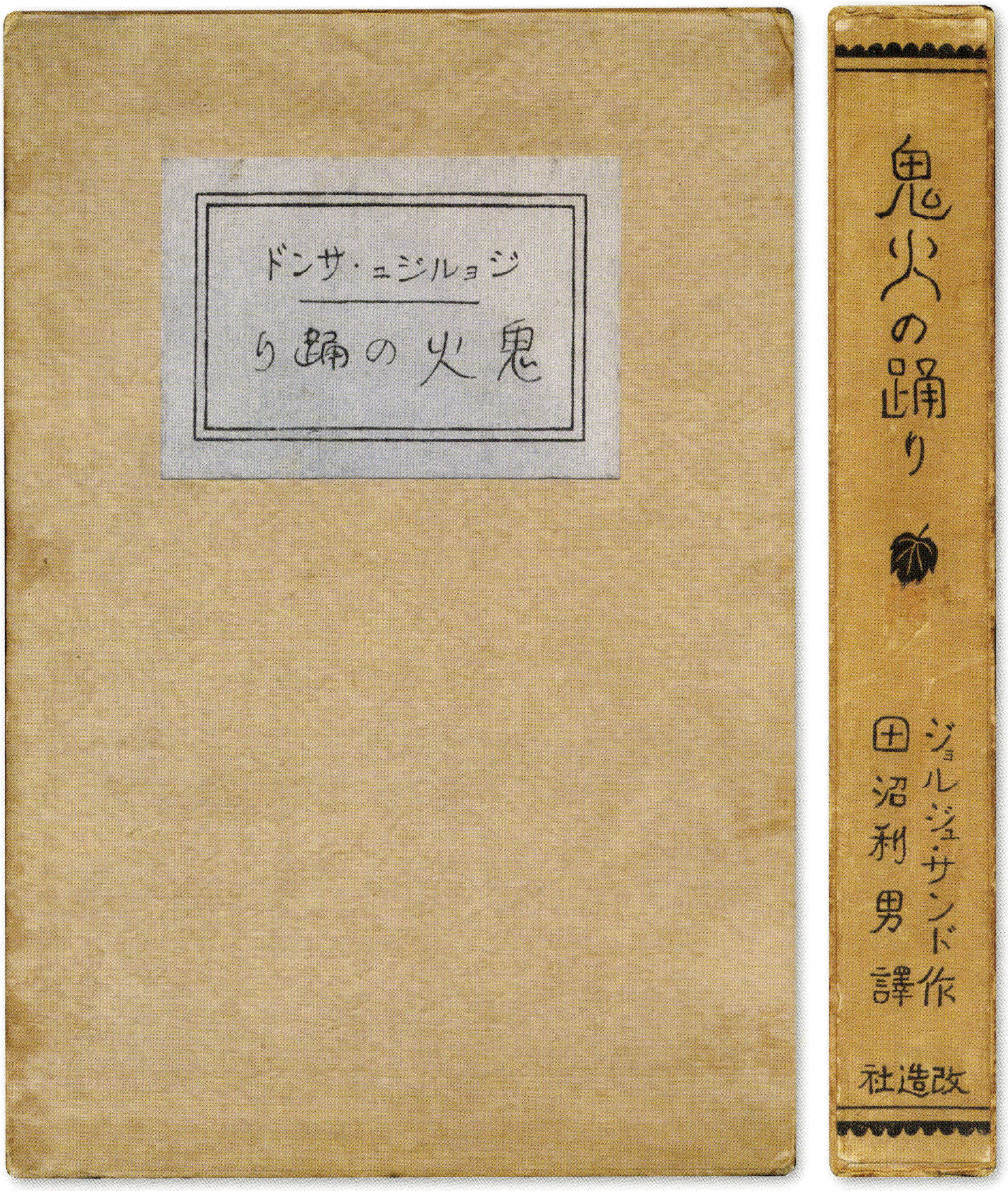

鬼火の踊り（プチット・ファデット）

（大正十三年七月廿三日発行）

ジョルジュ・サンド作
田沼　利男譯
四六判上製布装箱入
改造社発行
定価金壹圓八拾錢

本扉（別紙、裏頁白）
口絵（サンド肖像・モリス筆、ふた子屋敷・ヴィルヴィエーイ銅版画、ファデットとばったの画）
譯者の緒言（一―一七頁・譯者、一八頁白）
著者の序（一九―二二頁・サンド）
中扉（二三頁、二四頁白）
本文（一―三一一頁、三一二頁白）
奥付（三一三頁）
広告（三一四頁）

84％に縮小

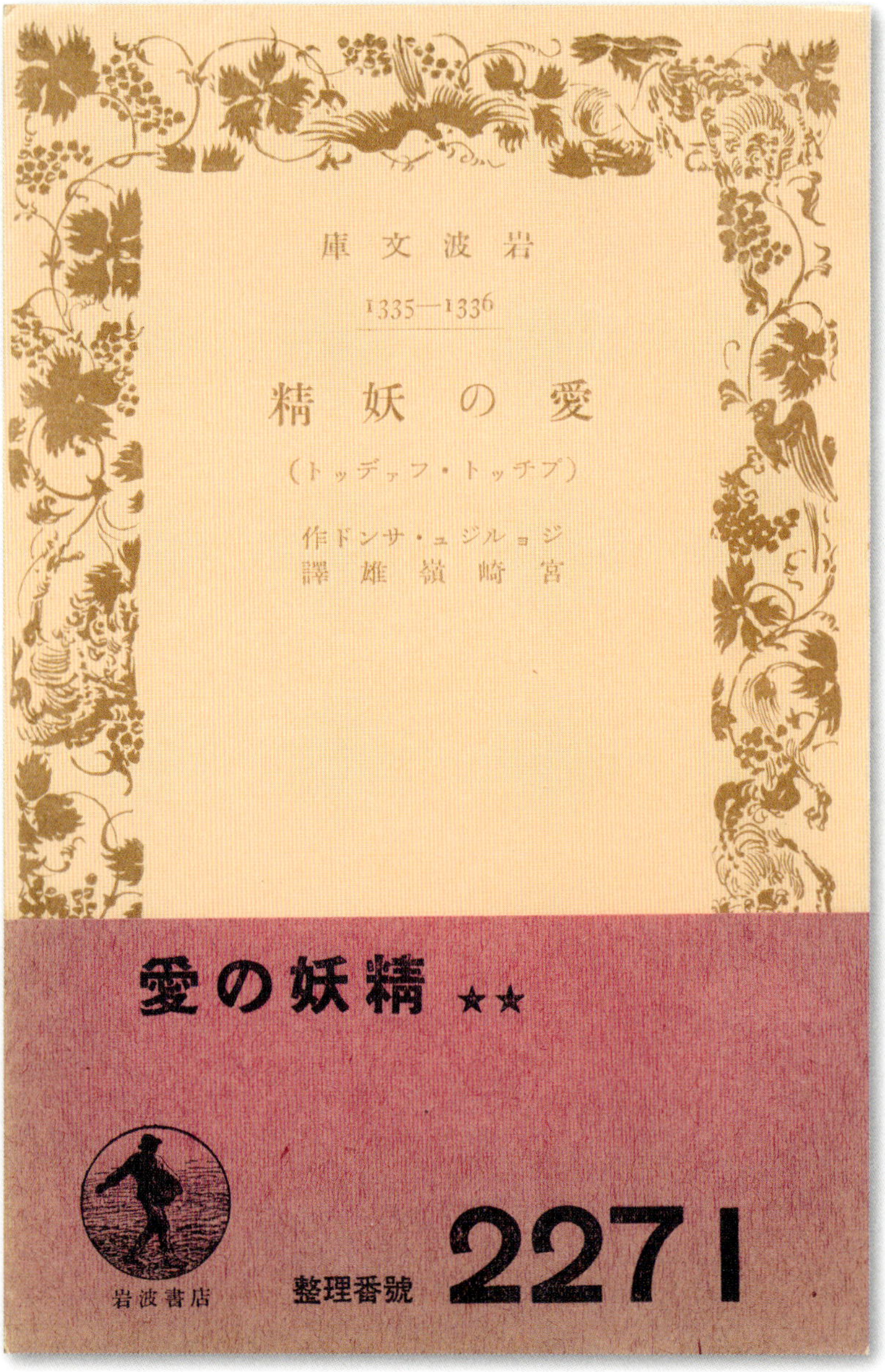

愛の妖精

（昭和十一年九月五日発行）

ジョルジュ・サンド作
宮崎嶺雄譯
（マンツ版より翻譯）
岩波文庫・帯・シオリひも付
岩波書店発行
定価四十銭

口絵（十八歳當時のジョルジュ・サンド）
本扉（一頁、二頁白）
はしがき（三—五頁、一八五一年　サンド）
本文（七—二九六頁）
註（二九七—二九八頁）
解説（二九九—三〇三頁、譯者）
奥付（三〇五頁）
広告（三〇六—三一二頁）

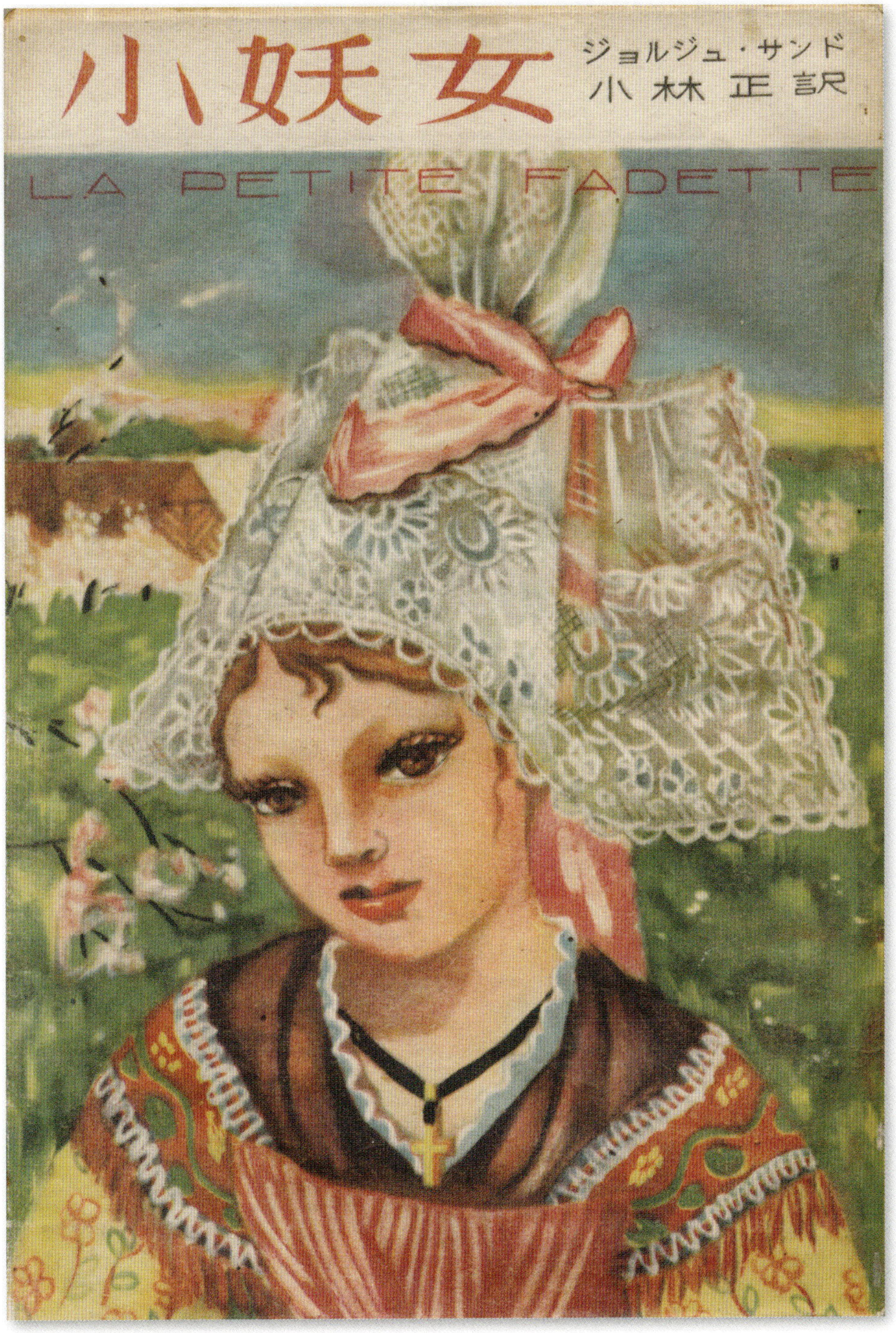

小妖女（LA PETITE FADETTE）
（昭和二三年三月三十日発行）
ジョルジュ・サンド
小林　正訳
装幀・東山紗智子
B6判フランス装
新少国民社発行
定價八十圓

本扉（別紙一頁、二頁白）
中扉（共紙一頁、二頁白）
本文（三—二三五頁）
少女の読者に（あとがき）（二三六—二四一頁）
奥付・訳者紹介（二四三頁）

＊本書は、抄訳である。

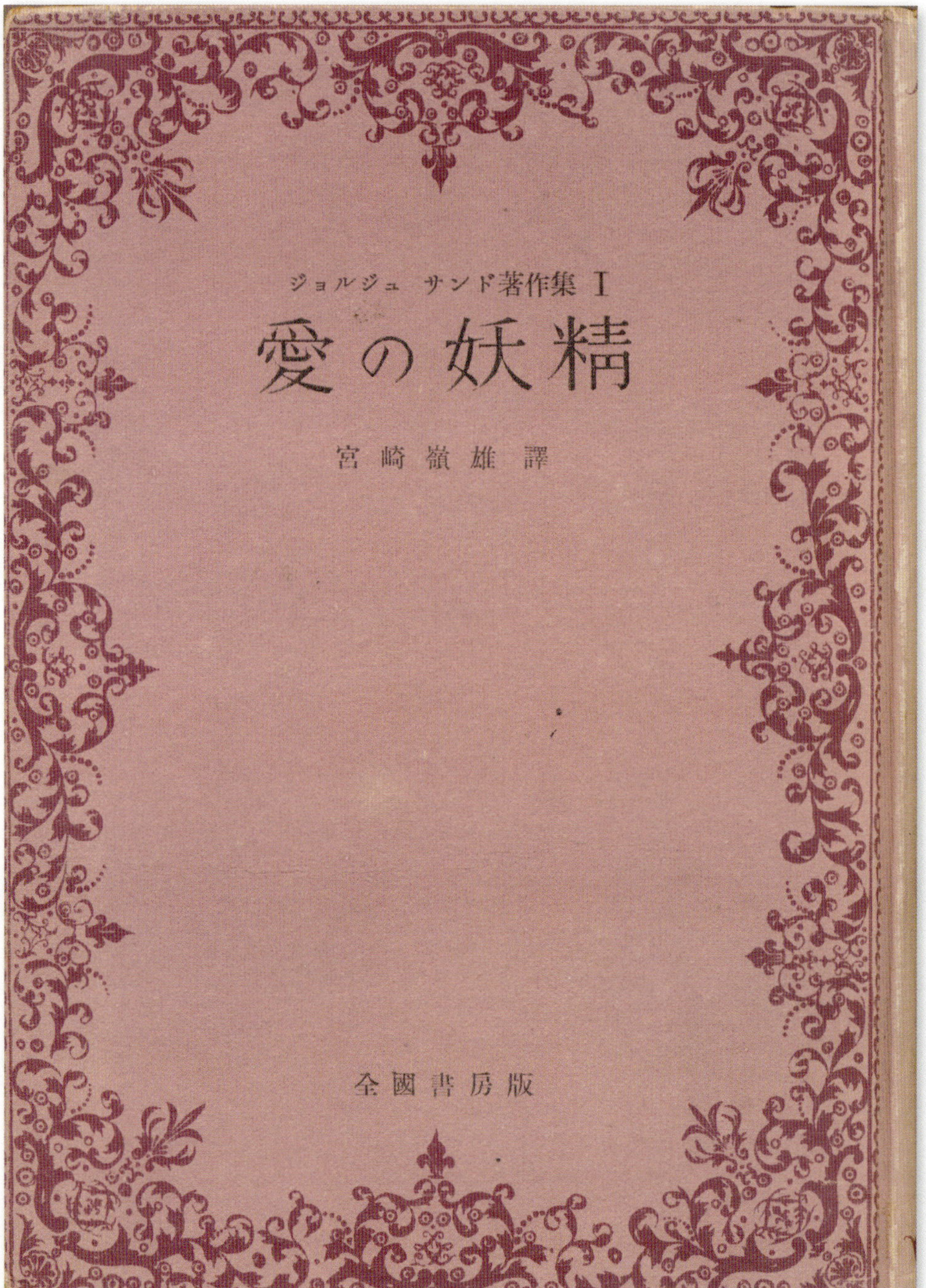

愛の妖精

（昭和二十三年十月廿五日発行）

ジョルジュ・サンド著作集Ⅰ
宮崎嶺雄譯
Ｂ６判上製本
全國書房発行
定價二二〇圓

本扉（別紙、裏頁白）
中扉（共紙一頁、二頁白）
はしがき（三―六頁、サンド）
本文（七―三二八頁）
註（三二九―三三〇頁）
解説（三三一―三三六頁、宮崎嶺雄、岩波文
　庫版に、最少限度の加筆をし発行）
奥付（見返しに貼奥付）

愛の紅ばら

（昭和二十四年四月二十日発行）

ジョルジュ・サンド原作
小林　正訳
装幀・さし絵（未記名）
四六判フランス装
雲省社発行
定價百拾圓

見返しに、さし絵
本扉（別紙、裏頁白）
口絵二色刷四頁
中扉（共紙一頁、二頁・登場人物紹介）
本文（三―二三五頁）
少女の読者に〔あとがき〕（二四二―二四七頁となっているが、これは誤植で、本来は二三六―二四一頁）
奥付（二四二頁）

＊『小妖女』で出版したものを、題名と出版社名を代え出版されたもの

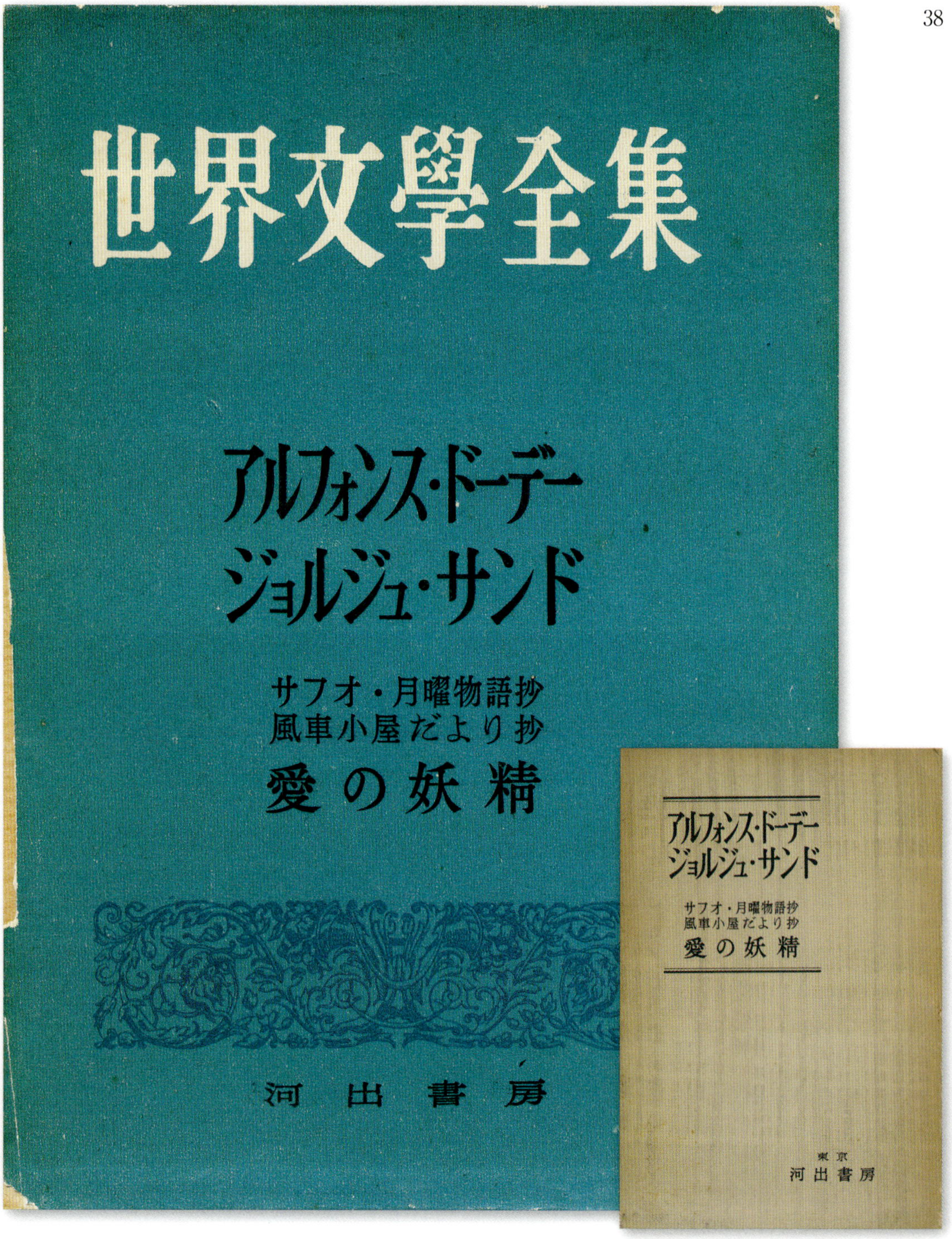

愛の妖精

（昭和二十五年十一月三十日発行）

世界文学全集（ドーデー・サンド篇）
宮崎嶺雄　訳
B6判上製箱入、本文2段組（総五一五頁）
河出書房発行
定価参百圓

収録作品（前半はドーデー作品）
本扉（赤・黒二色刷り、裏は白頁）
口絵（ドーデー、サンド〔ドラクロア筆〕）
目次（一―二頁）
愛の妖精（中扉、三四三頁）
はしがき（サンド、三四五―三四六頁）
本文（三四七―五〇〇頁）
註（五〇一―五〇六頁　愛の妖精は五〇五―）
解説（五〇七―五一五頁、桜田　佐）
奥付（五一七頁）
月報22付（ジョルジュ・サンドの手紙より、栗原美佐子）
☆なお、同時に普及版として、フランス装表紙のものが、同じ発行日で、定価貳百圓で発行された。

96％に縮小

愛の妖精

（昭和二十六年五月三十日発行）

世界名作文庫8
サンド原作
横山美智子
沢田重隆装幀・口絵・さし絵
B6判上製本・カバー付
偕成社発行
定価百五十円（地方価百五十五円）
本扉（別紙二色刷、裏頁白）
口絵（二枚二頁、カラー）
この物語について（一―三頁、横山美智子）
目次（四―七頁）
この物語の主なる人々（八―九頁、一〇頁装幀者名）
中扉（一一頁）
本文（一二―三三三頁、三三四頁白）
奥付（三三五頁）
広告（世界名作文庫1―110、三三六―三四二頁）

98％に縮小

愛の妖精

（昭和二十七年一月・日発行）

世界絵文庫21
ジョルジュ・サンド
宮崎嶺雄　文
須田　寿　絵
変型判上製本
あかね書房発行
都内定価一三〇円　地方定価一三五円

本扉（共紙二色刷、二頁白）
口絵（三頁カラー一葉、四頁登場人物画）
本文（五―五九頁）
あとがき（六〇頁、宮崎嶺雄）
奥付（六一頁、貼奥付）
広告（六二頁、世界絵文庫）

90％に縮小

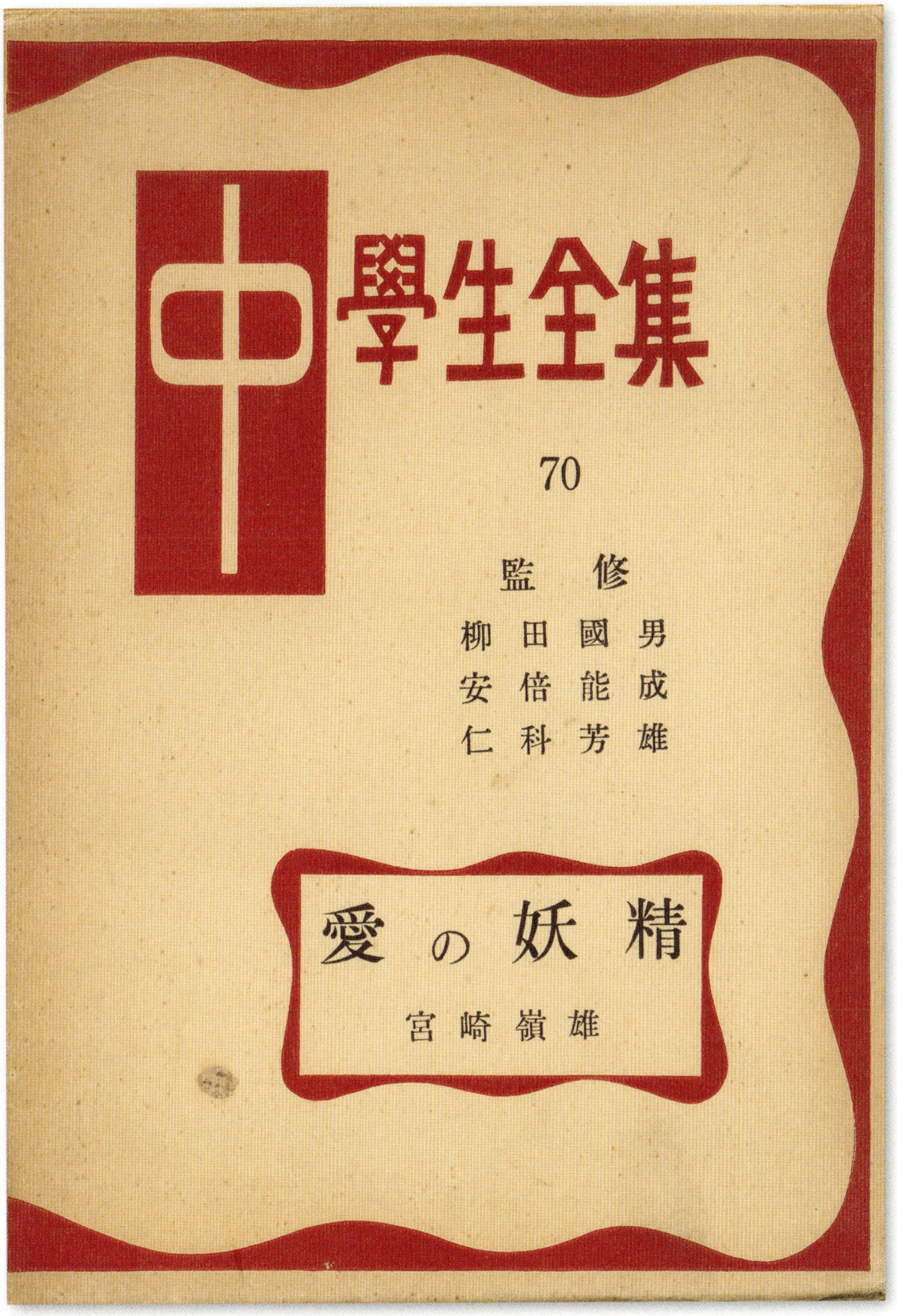

愛の妖精

（昭和二十七年一月三十一日発行）

中学生全集70
ジョルジュ・サンド原作
宮崎嶺雄（省略訳・文）
装幀・庫田叕
口絵・挿画・櫻井悦
B6判上製箱入
筑摩書房発行
定価一七〇円

本扉（別紙、裏頁白）
カラー口絵
目次（Ⅰ—Ⅱ頁）
中扉（Ⅲ頁）
本文（一—一六〇頁）
読者のために（一六一—一六六頁、宮崎）
奥付（一六七頁）
広告（一六八頁）
（本書は、新版中学生全集とし、昭和37年4月10日に、装幀を変えて出版された）

96％に縮小

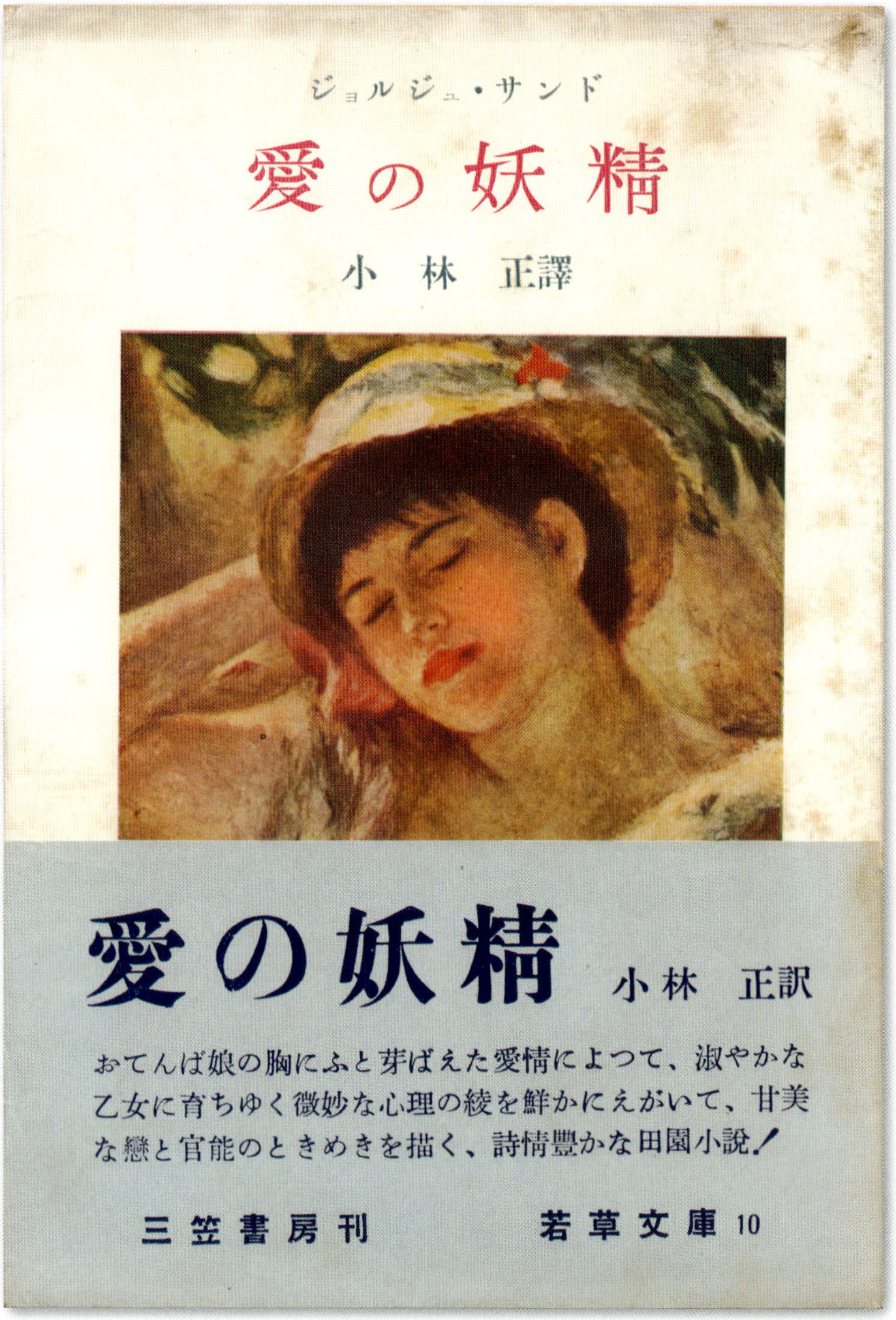

愛の妖精

（一九五三年六月三〇日発行）昭和二八年

若草文庫10
ジョルジュ・サンド
小林　正譯
四六判フランス装、カバー、帯
三笠書房発行
定価一五〇円（地方価一五五円）

本扉（別紙、裏頁白）
中扉（共紙一頁）
本文（二―一七九頁）
あとがき（一八〇―一八三頁、一九五二年五月、一八四頁白）
奥付（一八五頁、貼奥付、一八六頁白）

＊本書は、かつて『小妖女』（昭和二三年）の題名で抄譯したものを、全面的に加筆訂正した完譯版である。

愛の妖精

（昭和二十八年八月二十五日発行）

世界名作全集58
原作・サンド
桜井成夫
装幀（梁川剛一）
表紙・口絵・さしえ（高畠華宵）
Ｂ６判上製箱入・スピン付
講談社発行
定価二〇〇円

本扉（別紙、裏頁白）
口絵（折りたたみ一葉）
この物語について（桜井成夫、一―四頁）
目次（五―八頁）
この物語のおもな人々（九―一一頁）
中扉（一三頁）
本文（一四―三三九頁）
解説（原作者と作品について・那須辰造：三四〇頁―三四五頁）
奥付（三四七頁）、広告（三四八頁）

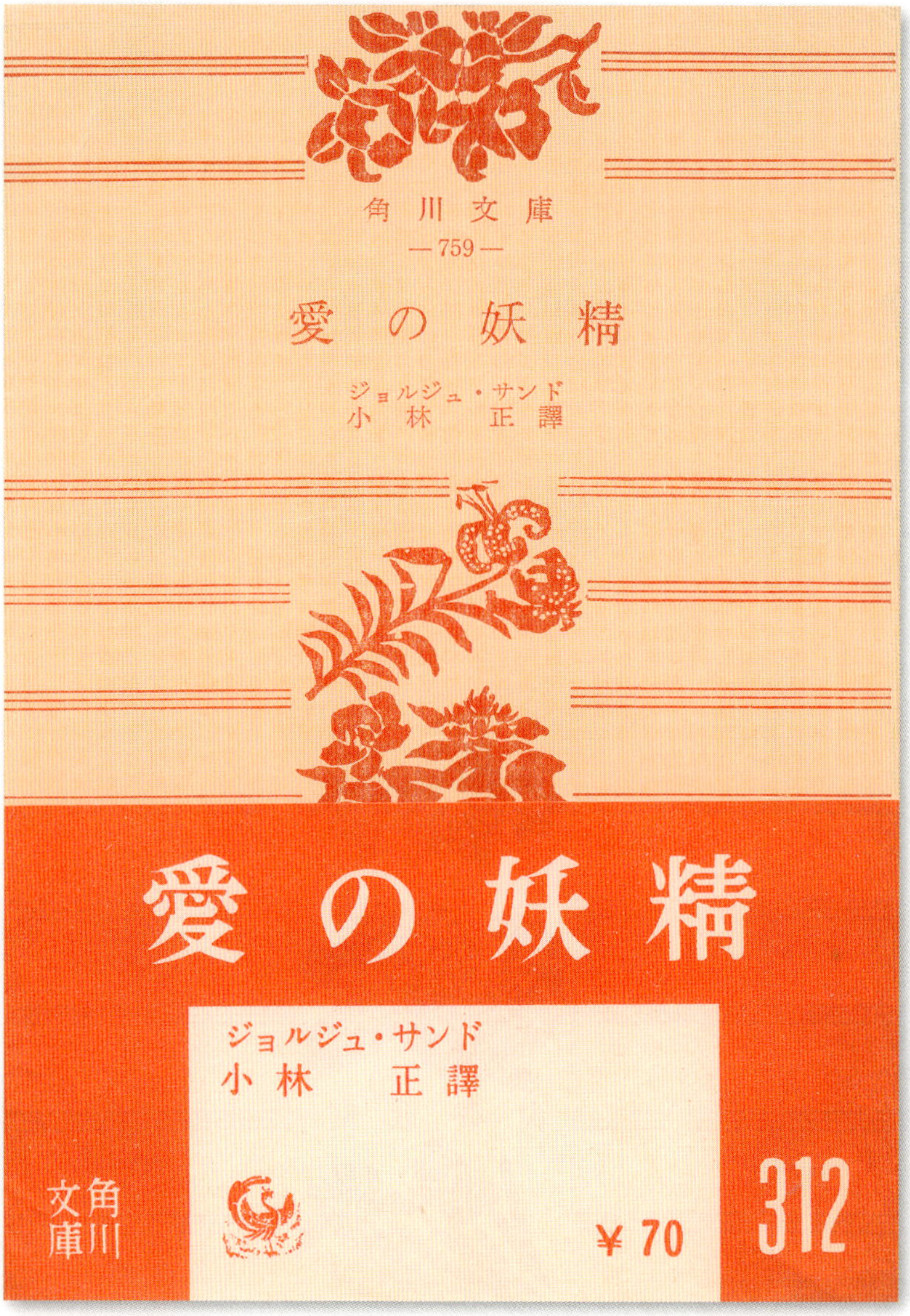

愛の妖精

（昭和二十八年十二月二十日発行）

ジョルジュ・サンド
小林　正譯
角川文庫・帯・シオリひも付
角川書店発行
定價七拾圓

本扉（共紙一頁、二頁白）
本文（三―二〇九頁）
あとがき（二一〇―二一三頁、一九五三年九月、譯者）
著者サンド・譯者小林正、略歴（二一四頁）
奥付（二一五頁）
角川文庫発刊に際して（二一六頁）

＊昭和28年6月発行の三笠書房版と同じものの文庫化。元は『小妖女』（昭和二三年）を全面的に加筆訂正して完譯したもの。

＊本文庫は、昭和43年3月改版され、一頁の組み方が一行少なくなり、本文は三―二二三頁に増え、さらに解説「ジョルジュ・サンド―人と作品」五頁と「年譜」六頁が増補され、「あとがき」も新しく書かれている。

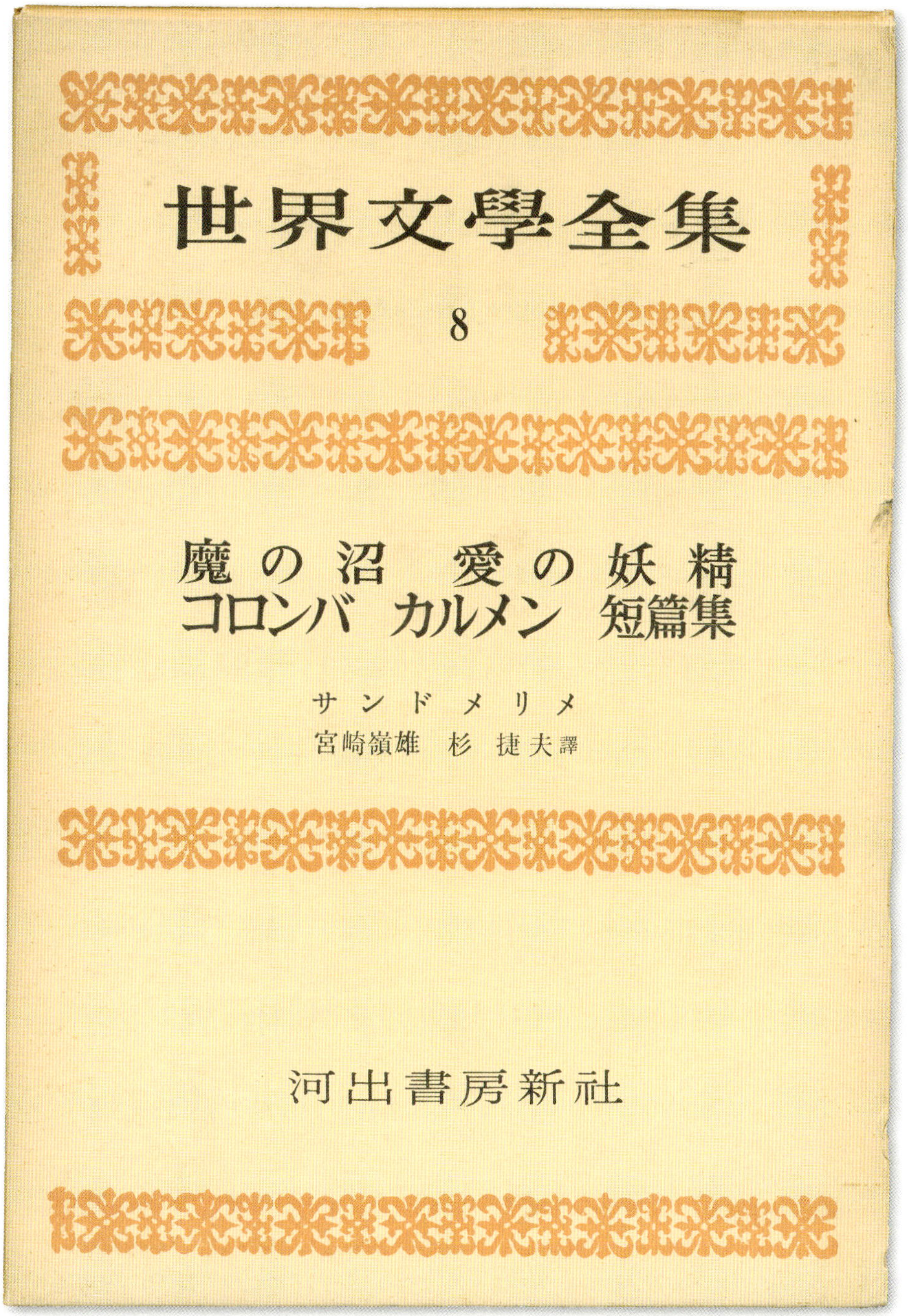

魔の沼
愛の妖精

（昭和三三年八月一五日発行）

世界文学全集８（サンド・メリメ）
宮崎嶺雄訳
装幀・恩地孝四郎
Ａ５判上製箱入、本文３段組（総三八六頁）
河出書房新社発行
定価三八五円

収録作品（魔の沼、愛の妖精、他はメリメ）
口絵二頁（サンド肖像［ドラクロア筆］、サンドの生家、ノアンの城館掲載）
解説「ジョルジュ・サンド」（宮崎嶺雄）
魔の沼（扉、七頁）
　はしがき（サンド、一八五一年四月一二日）
　本文（一―一七章、一〇―五七頁）
　付録（一―四章、五七―七三頁）
愛の妖精（扉、七五頁）
　はしがき（サンド、一八五一年一二月二一日）
　本文（一―四十章、七九―一七〇頁）
ジョルジュ・サンド年譜（三七一―三八一頁）
奥付（三八七頁）広告（三八八頁）
月報付（サンドと豚のおはなし・松田穰掲載）

78％に縮小

愛の妖精

（昭和三四年五月二〇日発行）

少年少女世界文学全集27　フランス編（3）

収録作品（家なき子、風車小屋だより、月曜物語、愛の妖精、女生徒）

ジュオルジュ・サンド作

新庄嘉章訳

さしえ・堀内規次

A5判上製箱入

講談社発行

定価三八〇円

扉（本扉）

口絵（家なき子二枚、四頁分）

目次（収録作品全部、一―八頁）

愛の妖精・中扉（さしえ有り、二九三頁）

愛の妖精について（新庄嘉章、二九四頁）

本文（一―四十章、二九五―四〇六頁）

巻末解説・愛の妖精（那須辰造）

奥付（四三九頁）

（本書は、「少年少女世界名作全集12」（全20巻）として、昭和41年9月30日に、同じものが出版された）

78％に縮小

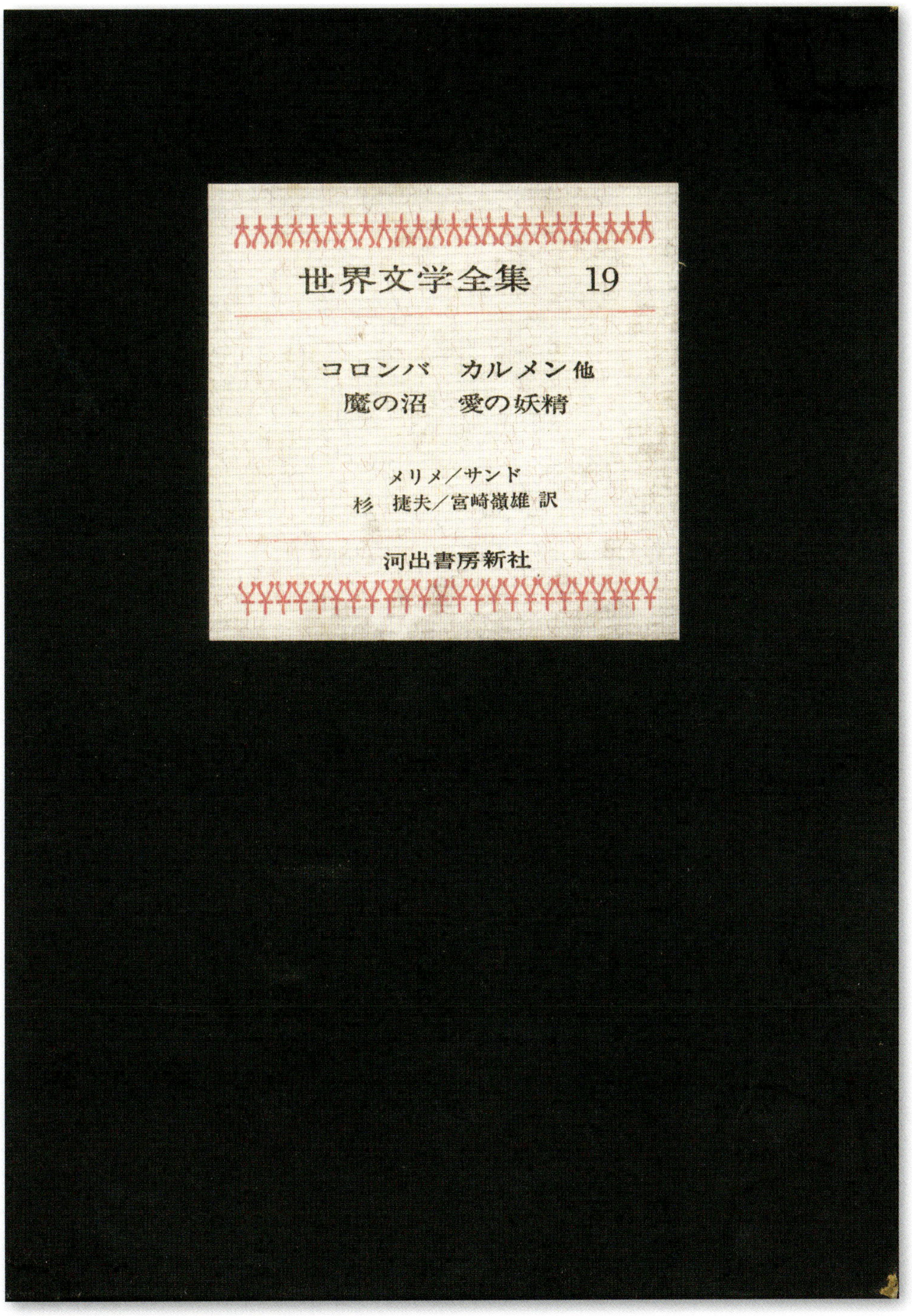

魔の沼
愛の妖精

（昭和三十六年十一月三十日発行）

世界文学全集19（全80巻）特製豪華版「サンド・メリメ編」
ジョルジュ・サンド
宮崎嶺雄訳
装幀　原弘
A5判上製箱入・スピン付、本文全三八二頁
河出書房新社発行
定価　全八十巻揃四万円

本扉（別紙一枚）
口絵（二頁の内サンド像〔ドラクロア筆〕、サンドの生家とノアンの城館）
目次（前付二頁）
解説（サンドについて一―三頁、宮崎嶺雄）
本文（三段組、魔の沼七―七三頁、愛の妖精七五―一七〇頁）他はメリメ編。
年譜（三七一―三八二頁）
奥付（三八三頁）

81％に縮小

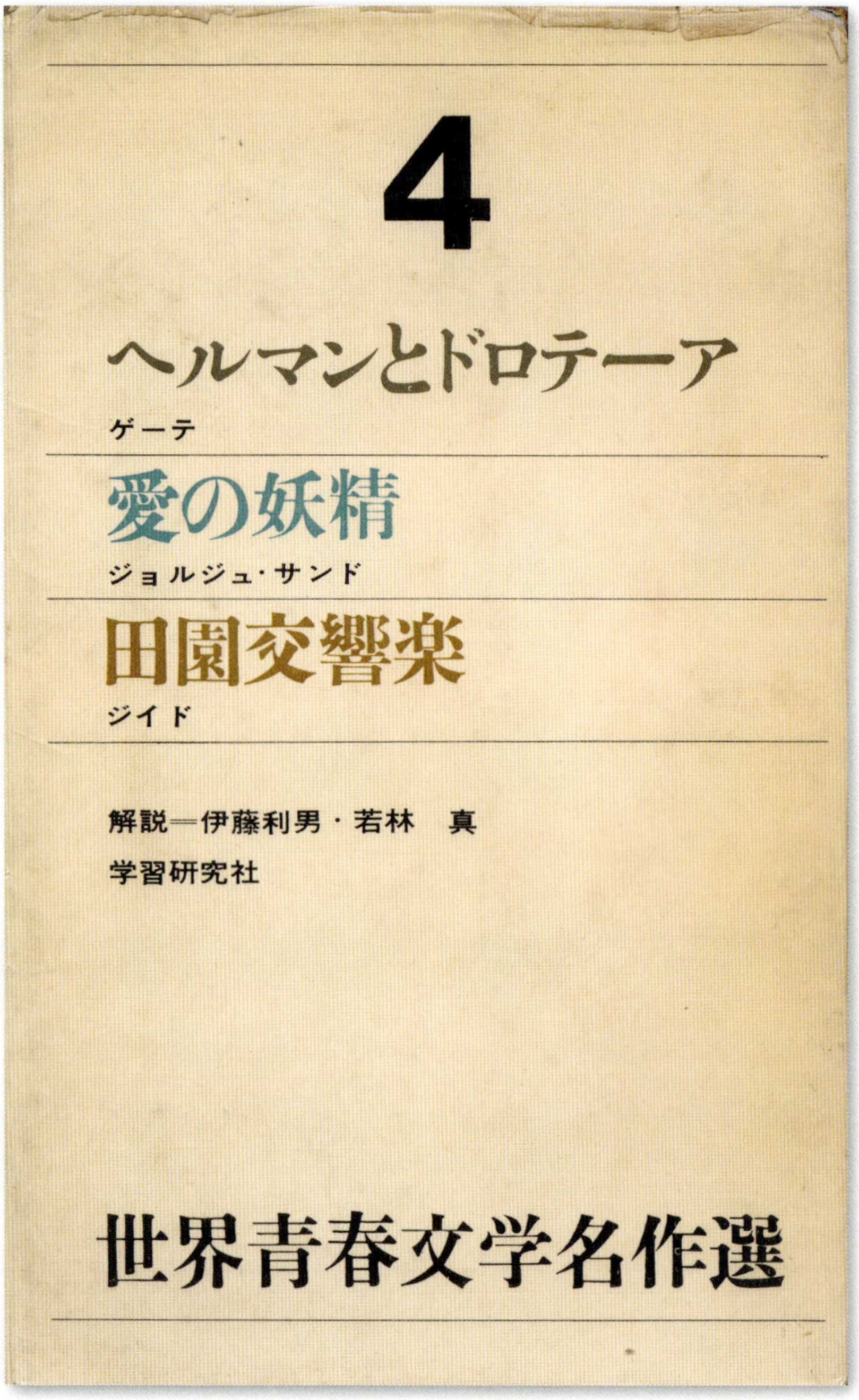

愛の妖精

（昭和三七年一一月三〇日発行）

世界青春文学名作選４（学研新書）
ジョルジュ・サンド
田中倫郎訳
新書判フランス装、カバー・栞ひも付
学習研究社発行
定価二四〇円

本文（ヘルマンとドロテーア、愛の妖精、田園交響楽収録）
愛の妖精中扉（八七頁）
序文（八八―八九頁、サンド）
本文（九一―二八七頁）
解説（若林真、二八八―二九四頁）
サンド年譜（二九五頁）

愛の妖精

（一九六三年一〇月発行・未見）昭和三八年
＊写真のものは、一九六八年第５刷

世界少女名作全集５（全30巻）
ジョルジュ・サンド
足沢良子訳
装　幀　山中冬児
さし絵　田中　潮
小Ｂ６上製本、函入
岩崎書店発行
定価二八〇円

本扉（別紙二色刷、裏頁白）
まえがき（共紙一頁、足沢良子）
もくじ（三―四頁）
本文（五―二〇二頁）
解説（二〇三―二〇五頁、足沢、二〇六頁白）
奥付（二〇七頁）
広告（全30巻の題名）

愛の妖精
魔の沼
（昭和39年5月30日発行）

少女世界文学全集33
サンド
谷村まち子
装幀　近藤　聰・横井大侑
箱絵・口絵　辰巳まさえ
さし絵　小野田俊
B６判上製本箱入
偕成社発行
定価２５０円
本扉（別紙二色刷、裏頁・刊行のことば）
口絵（一葉、裏頁白）
この物語について（共紙、谷村まち子、一頁）
目次（二―三頁）
この物語の主なる人々（四―五頁）
装幀者ほか名（六頁）
愛の妖精中扉（七頁）
　本文（八―二一二頁）
魔の沼中扉（二一三頁）
　本文（二一四―三〇九頁）
原作者と作品について（三一〇―三一六頁、訳者）
奥付（三一七頁）
広告（三一八―三二二頁）
※同名の全集で昭和四三年版、昭和46年版あり

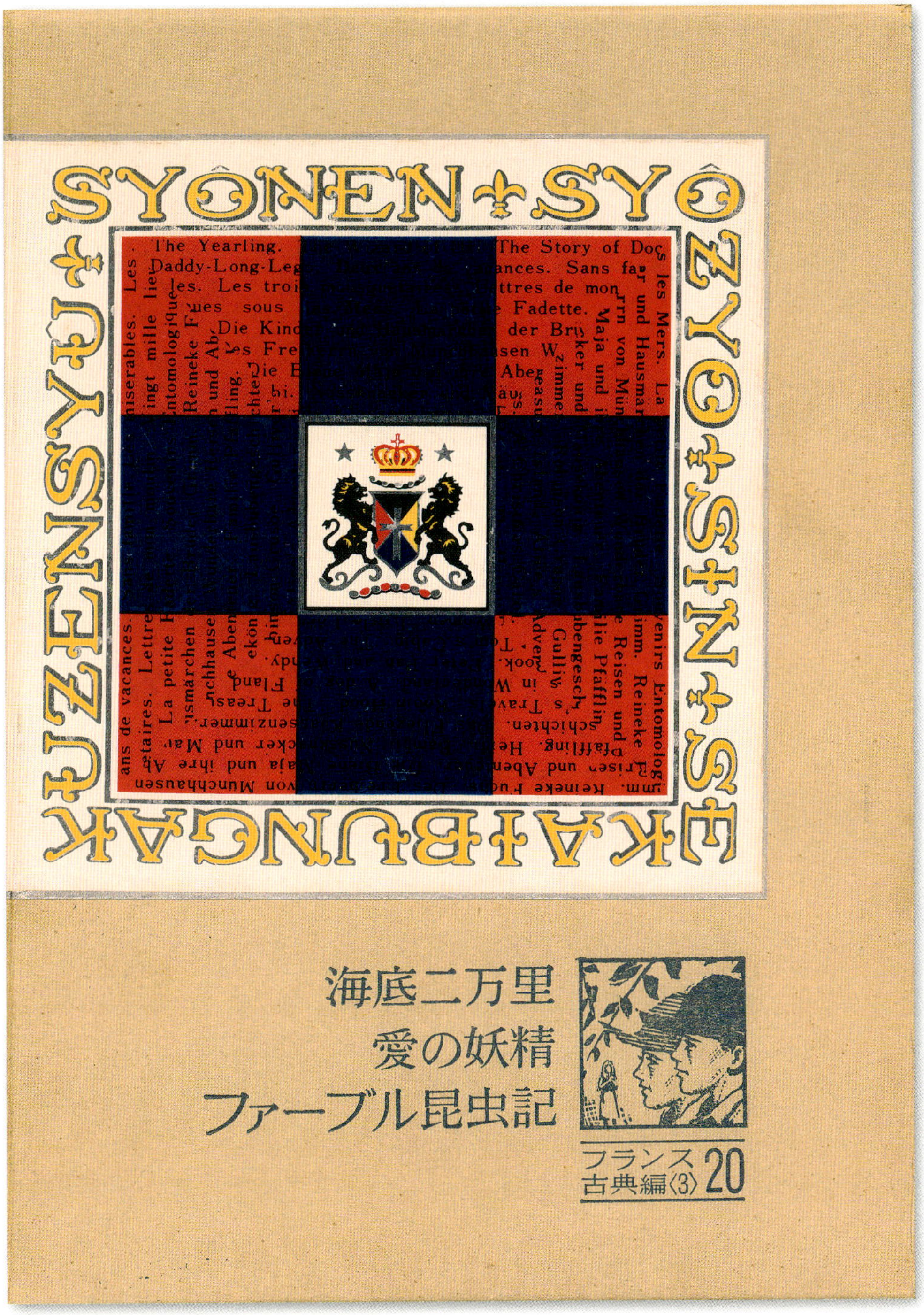

愛の妖精

（昭和39年7月18日発行）

少年少女新世界文学全集20フランス古典編3
サンド作
西条八十・三井嫩子・訳
さしえ・松田　穣《みのる》
A5判上製箱入本
講談社発行
定価四二〇円（予約特価三九〇円）

本書には、「海底二万里」「愛の妖精」「ファーブル昆虫記」を収録
愛の妖精本扉（一六五頁）
愛の妖精について（三井嫩子《ふたば》、一六六頁）
愛の妖精本文（一六七―三一〇頁、二段組）
愛の妖精解説（三井嫩子）
奥付（三九一頁）

86％縮小

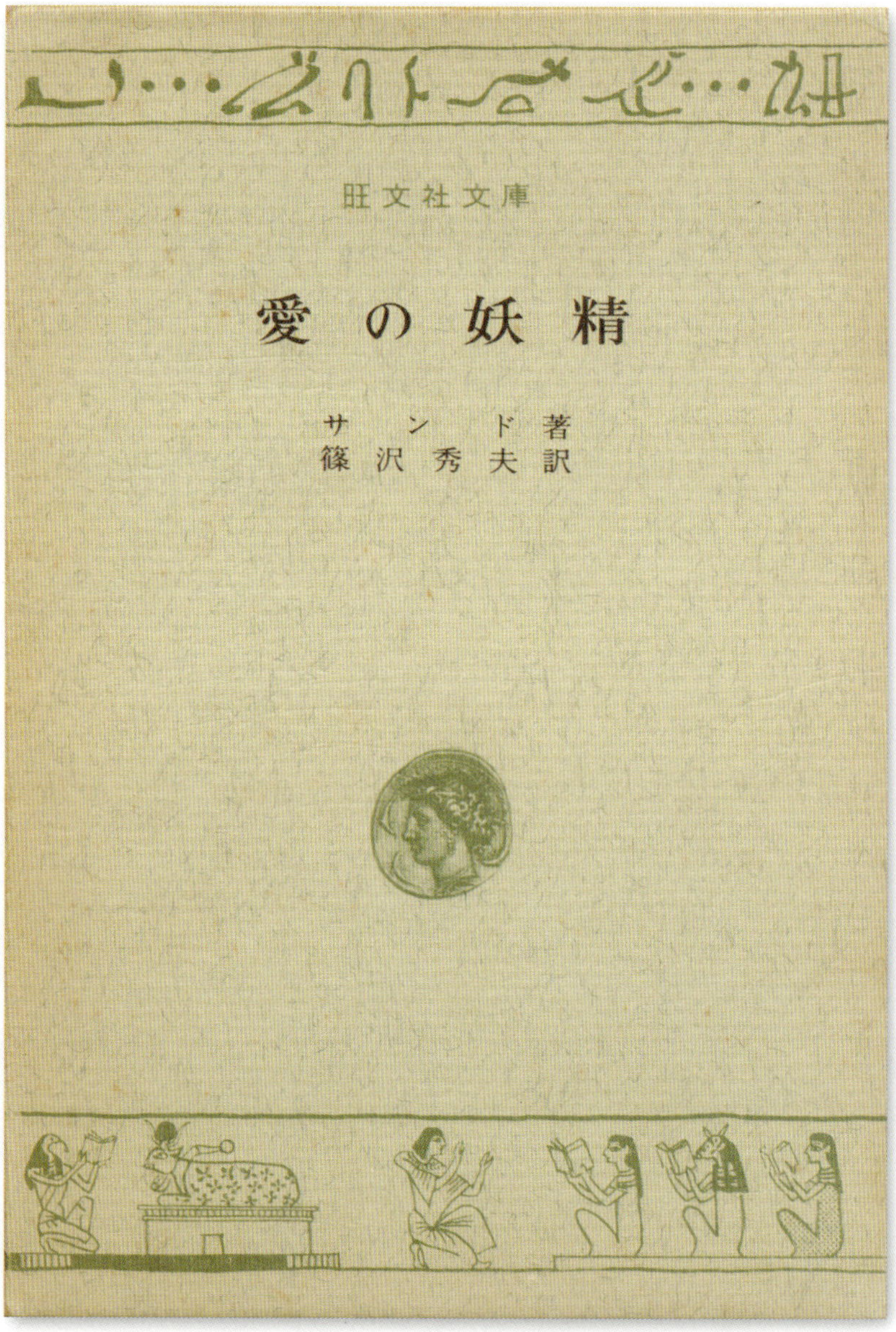

愛の妖精

（1966年12月1日発行）昭和41年

サンド著
篠沢秀夫訳
挿絵　杉全《すぎまた》　直《ただし》
旺文社文庫並製貼箱入
旺文社発行
定価一六〇円

本扉（共紙一頁、二頁白）
目次（三頁）
一八四八年九月、『愛の妖精』への序文（四頁）
本文（五―二二四頁）
解説（二二五―二四七頁、篠沢秀夫）
あこがれの人、ジョルジュ・サンド（二四八―二五二頁、秦早穂子）
代表作品解題（二五三―二五九頁）
年譜（二六〇―二六三頁）
あとがき（二六四―二六五頁、篠沢秀夫）
訳者紹介（二六六頁）
奥付（二六七頁）
広告（二六八―二七二頁）

なお本書は、重版（発行年不明）ではカバー表紙になり、さらに重版は、後日（発行年不明）に、他の二冊と共に『青春メルヘン傑作選』として発売された。

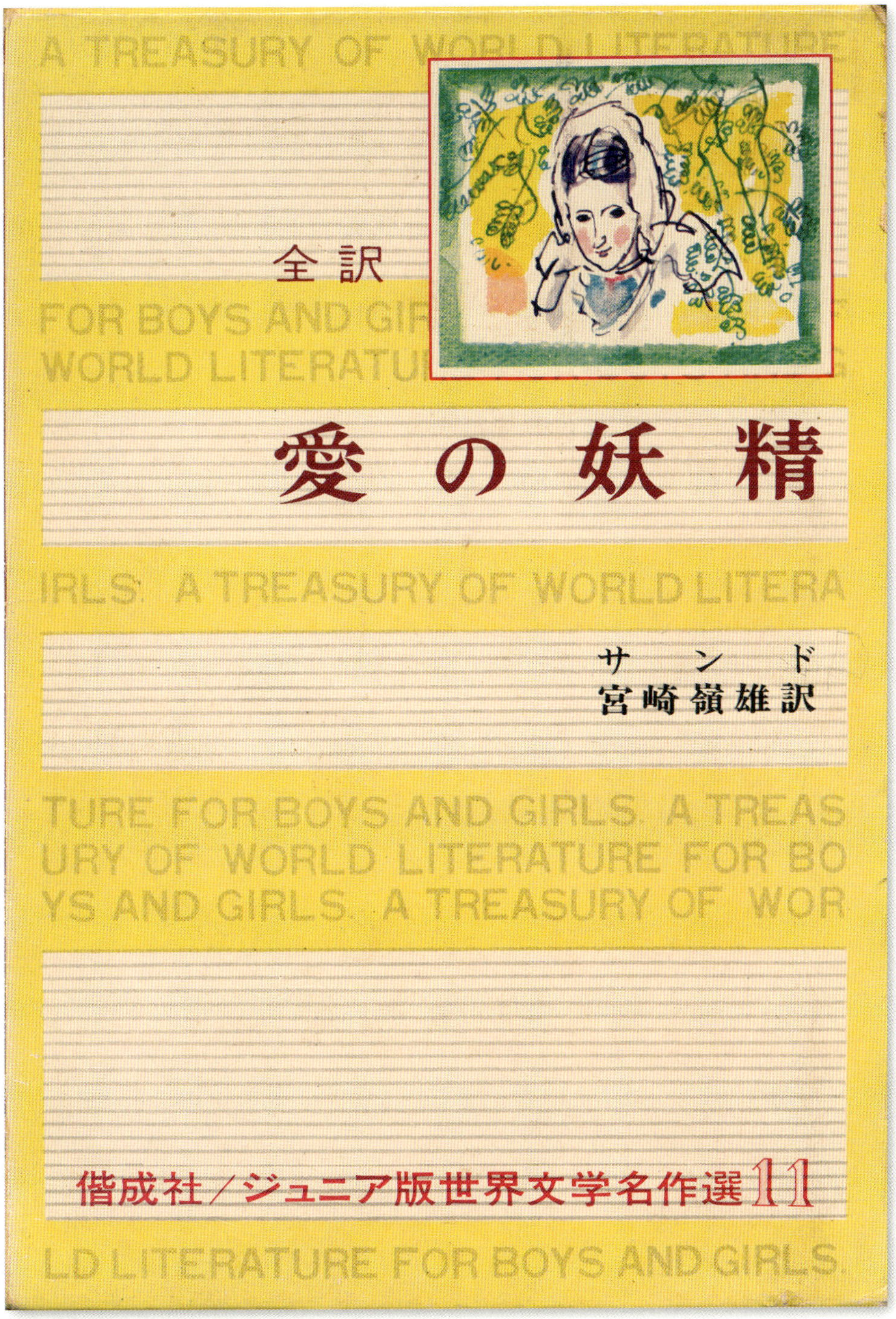

愛の妖精

（昭和四一年一二月二五日発行・未確認・写真は昭和四四年版）

ジュニア版世界文学名作選11（四四年、四六年版確認）

サンド

宮崎嶺雄訳

さし絵・山中冬児

四六判上製箱入本

偕成社発行

定価三六〇円

本扉（別紙二色刷、裏頁・刊行のことば）

口絵（アート紙、サンドの肖像、裏頁白）

目次（共紙、一頁）

主要人物（二頁）

中扉（三頁）

本文（四—二五六頁）

注（二五七—二五九頁）

解説（作者と作品について、二六〇—二七二頁、宮崎嶺雄）

年譜（二七三—二七八頁）

奥付（二七九頁）

広告（二八〇—二八二頁）

92％に縮小

愛の妖精

（昭和四二年二月一〇日発行）

世界名作全集37（昭和二十八年八月発行のものを、装本・さしえを変えて刊行した全五十巻全集のもの）

サンド／作・桜井成夫／訳

装本＝池田龍雄

さしえ＝池田仙三郎

B６判上製・ビニールカバー・スピン付、本文二段組

講談社発行

定価二九〇円

本扉（別紙、裏頁白）

口絵（カラー一枚）

この物語について（桜井成夫、一頁）

もくじ（二―五頁）

この物語のおもな人々（六―七頁）

中扉（八頁）

本文（一〇―二七八頁）

解説（原作者と作品について・那須辰造：二七九―二八二頁）

奥付（二八三頁）

広告（二八四―二八八頁）

愛の妖精

（昭和43年1月20日発行）

少年少女世界の名作文学19・フランス編1
ジョルジュ・サンド作
宮崎嶺雄訳
上崎美恵子文
口絵・さし絵／霜野二一彦
A5判上製本函入り・カバー付
小学館発行
定価四八〇円（予約特価四三〇円）

本扉（別紙一頁、二頁は「はじめに」杉捷夫）
口絵（三枚のうち一枚「愛の妖精」さし絵）
愛の妖精・中扉（三七一頁）
『愛の妖精』を読むまえに（三七二頁）
本文（三七三—四八五頁）
解説（四八六—四九一頁、梅田晴夫）
読書のてびき（四九四—四九七頁、滑川道夫）
奥付（四九九頁）
広告（五〇〇—五〇二頁）

*本書は、48年10月1日に、フランス編2と共に合冊され『少年少女世界の名作文学第10巻』フランス編1・2として出版された。A5カバー。全九六七頁。定価表示ナシ。セット販売か？

75％に縮小

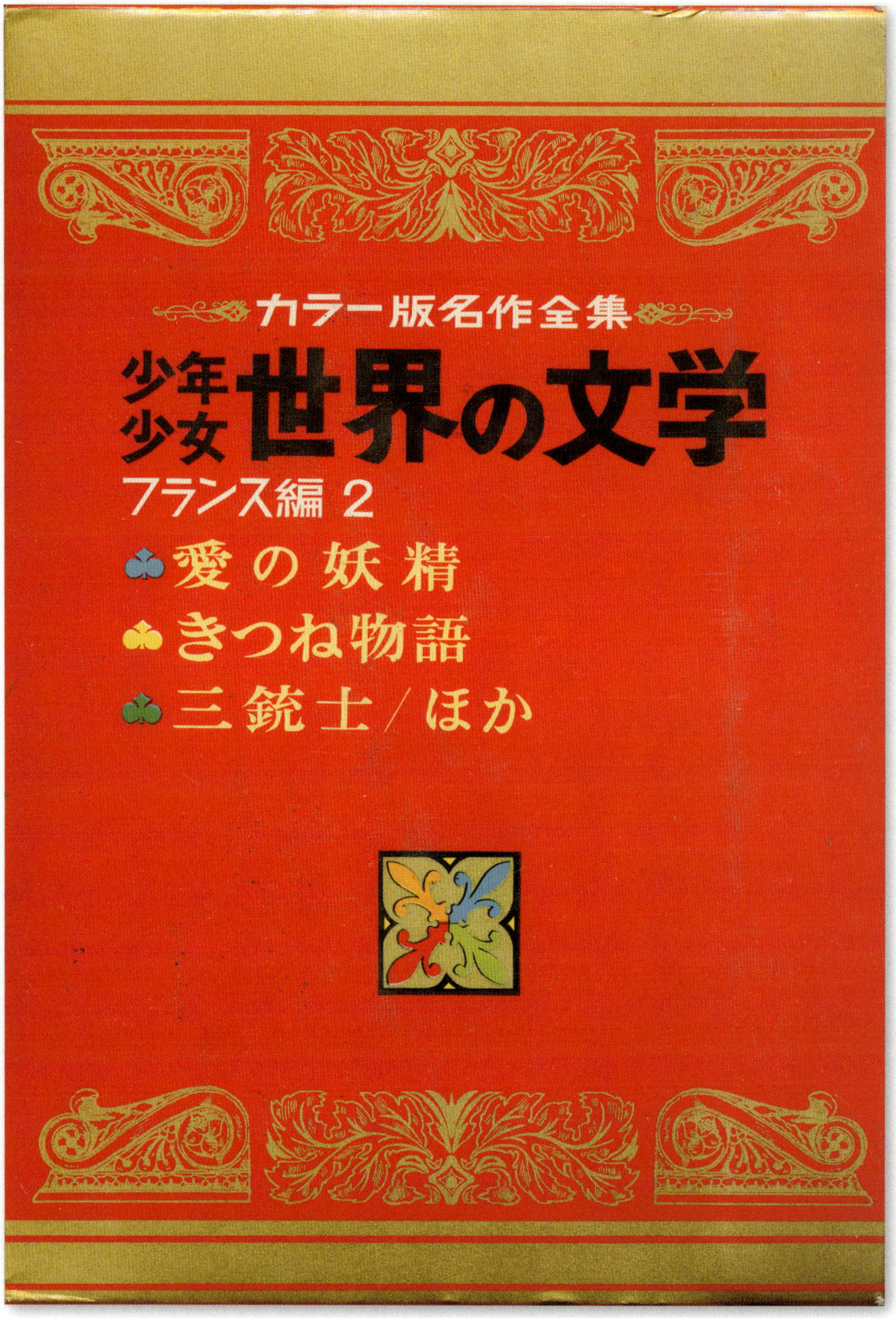

愛の妖精

（昭和四四年七月二五日発行）

カラー版名作全集少年少女世界の文学第一三巻フランス編２（全30巻の内）

サンド作

上崎美恵子・文

装丁　田辺　誠

口絵・さし絵　霜野二一彦

Ａ５判上製カバー箱入・スピン・付録付

小学館発行

定価五〇〇円

本扉

目次（別紙八頁、愛の妖精、きつね物語、昆虫記、三銃士、収録。全四二六頁）

口絵（四頁の内、愛の妖精一頁）

中扉（一五頁）

本文（一六―一四二頁）

読書のしおり（四一六―四二五頁、半田茂雄）

奥付（四二七頁）

広告（四二八―四三〇頁、全30巻の内容他）

78％に縮小

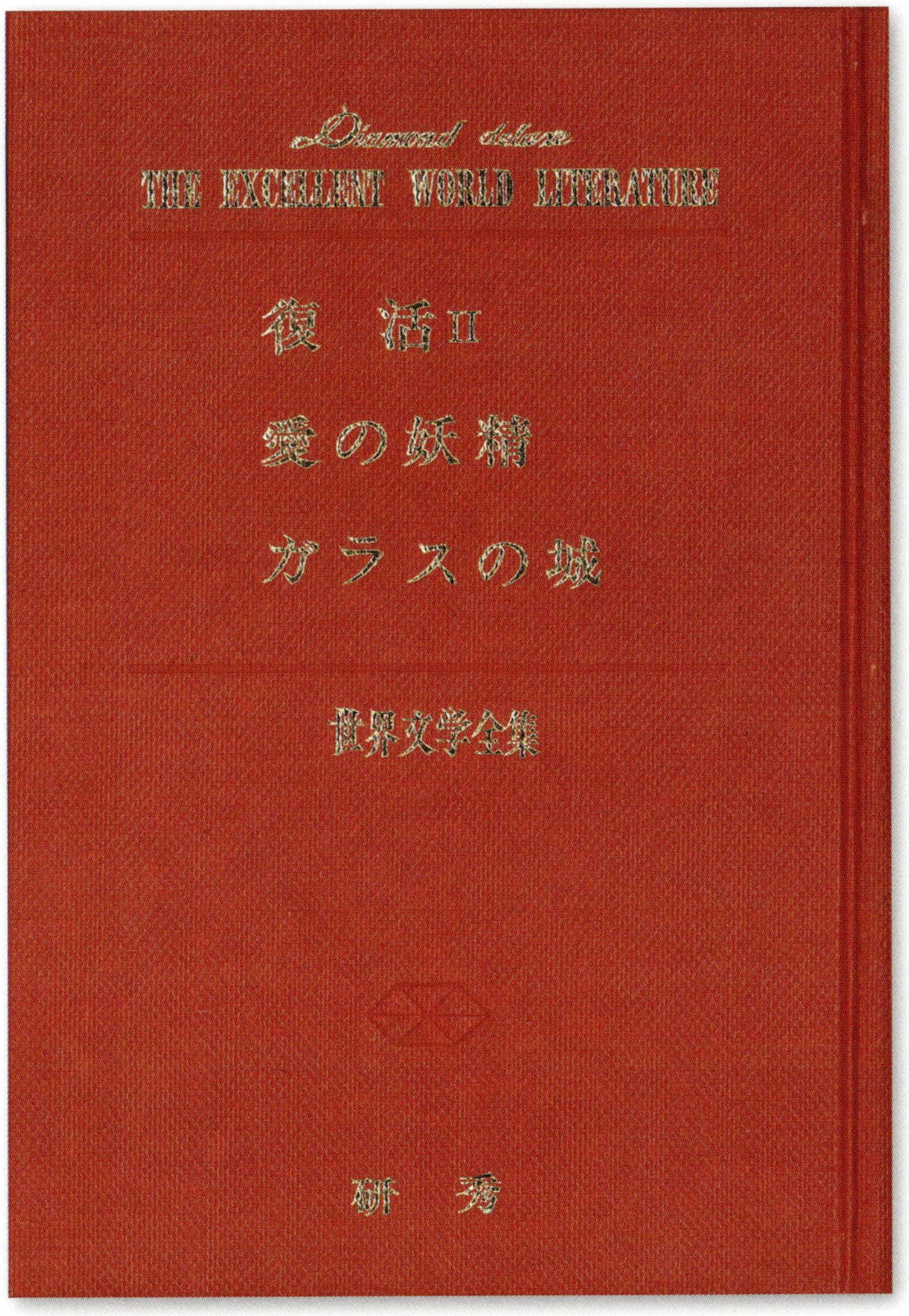

愛の妖精

（一九六九年一一月・未見）昭和四四年
研秀版・世界文学全集３（全20巻のうち）
ジョルジュ・サンド
小林　正訳　　さしえ　峯　梨花
Ｂ６判布装上製本箱入
研秀出版発行
定価表示ナシ（セット販売か？）

本扉（別紙、裏頁白）
口絵（マヨルカ島、フランスの田園風景、リュクサンブール公園のショパンとサンド像、３頁分）
愛の妖精中扉（一一一頁、一一二頁さしえ者名）
本文（二段組、一一三―二八五頁）

＊本書は、トルストイ『復活』、サンド『愛の妖精』、ヴィッキイ・バウム『ガラスの城』の三作を収録し、二冊本として箱に入れたもの。

＊なお本書は、昭和45年6月20日、写真下のように、同全集8巻として、ビニール表紙フランス装にし、レ・ミゼラブルⅠと二冊一緒に箱に入れられ発行された。ちなみに、こちらは分売もしたようで、予約特価一四五〇円。

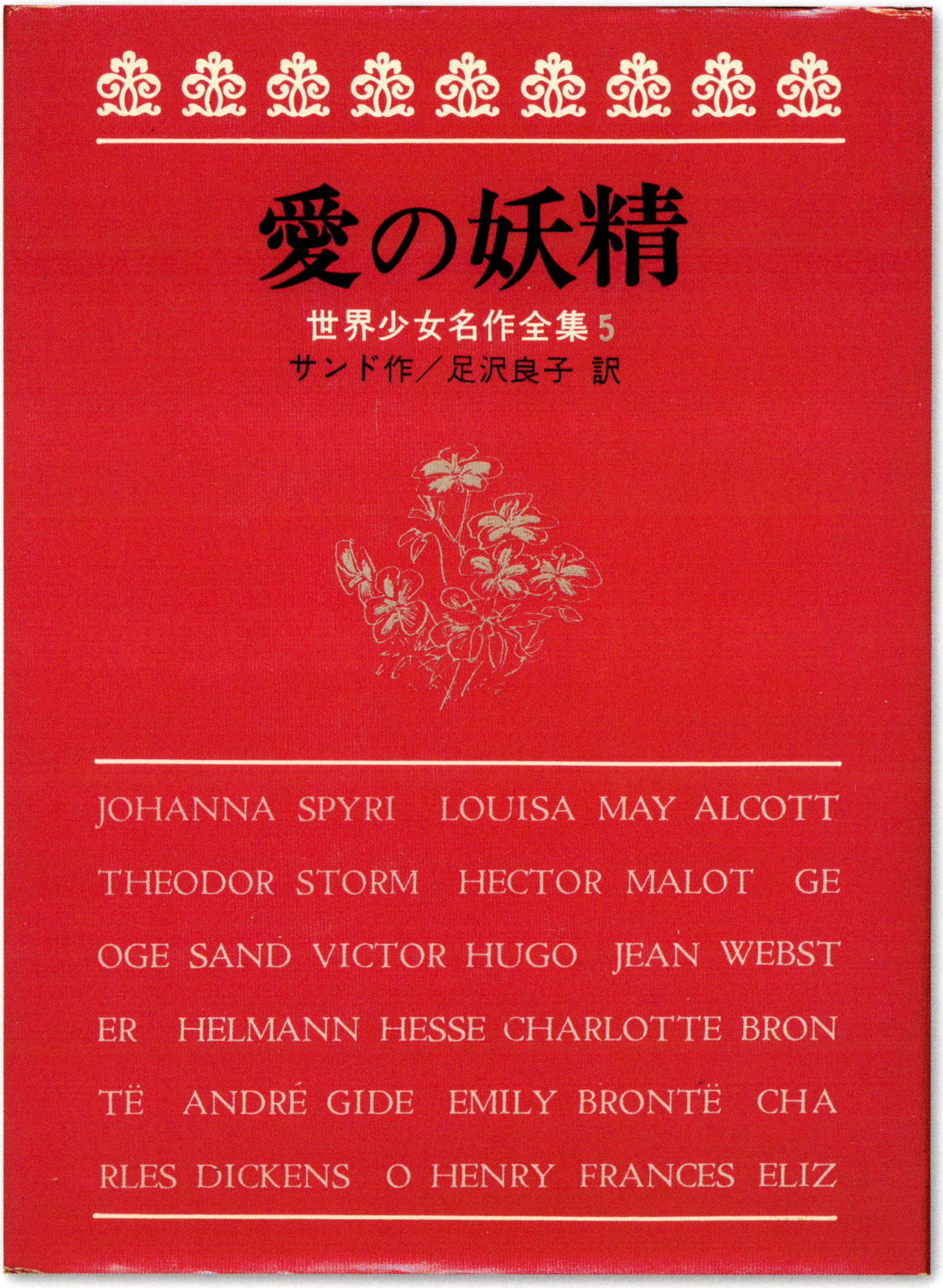

愛の妖精

（一九七三年一月三〇日発行）昭和四八年

世界少女名作全集5
サンド作
足沢良子訳
装幀・口絵・山中冬児
さ し え・田中 潮
小B6上製本カバー付
岩崎書店発行
定価480円

口絵（別紙一枚）
本扉（共紙、一頁）
もくじ（二―四頁）
本文（一―四十章、五―二〇二頁）
解説（足沢良子、二〇三頁―二〇五頁）
奥付（二〇七頁）
広告（一頁付）

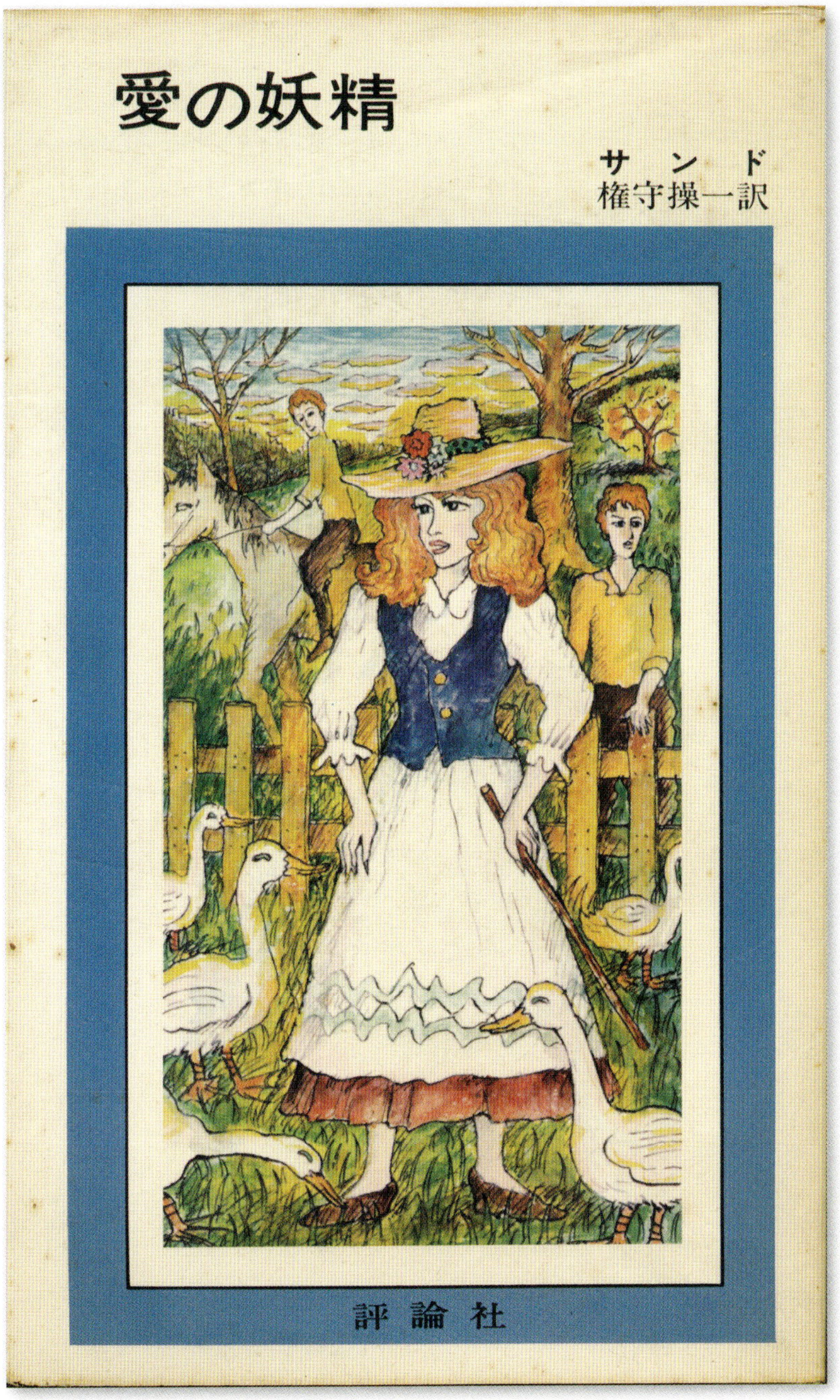

愛の妖精

（昭和四八年二月二〇日発行）

ニューファミリー文庫・世界の名作10
サンド
権守操一訳
新書カバー付
評論社発行
定価四九〇円

本扉
献字（アルマン・パルベスに捧ぐ　ジョルジュ・サンド）
もくじ（四頁）
中扉（愛の妖精、五頁）
まえがきⅠ（サンド・一八四八年九月、七—一三頁）
まえがきⅡ（サンド・一八五一年一二月二一日、一四—一六頁）
本文（一—四〇章、一七—二六八頁）
注（二六九—二七五頁）
作者と作品について（ジョルジュ・サンドについて、『愛の妖精』について、二七七—二九三頁）
訳者あとがき（一九七一年八月、二九五—二九七頁）
＊クラシック・ガルニエのテキストより翻訳
奥付（張り奥付）
広告（一頁付）

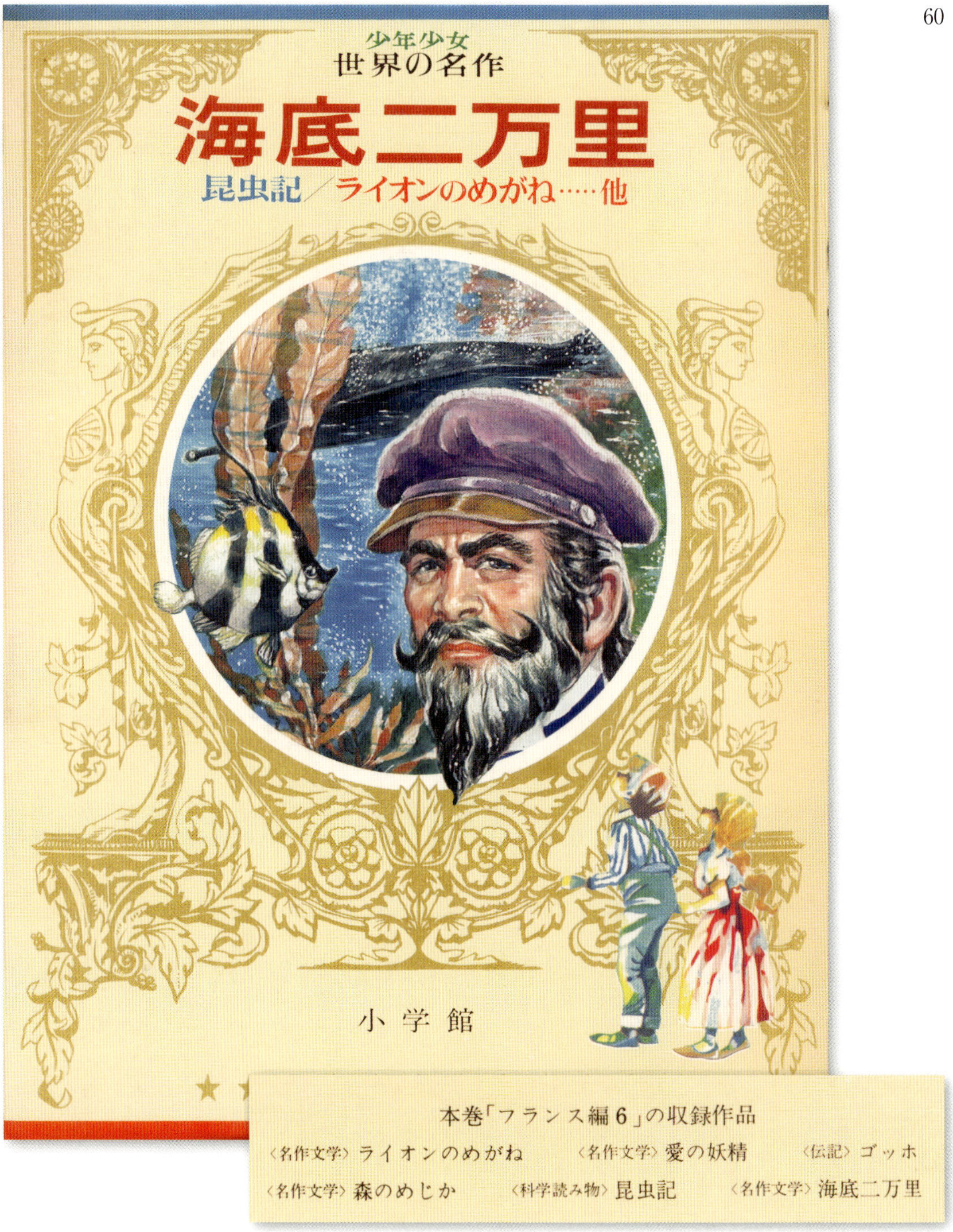

愛の妖精

（昭和四八年一一月二五日発行）

少年少女世界の名作25フランス編6

サンド作

上崎美恵子文

中山正美絵

B5判上製本カバー付箱入

小学館発行

定価六三〇円（特価五八〇円）

フランスの作品6編収録の中（本文三六〇頁）

愛の妖精中扉（五一頁）

愛の妖精本文（五二―一三九頁）

読書ノート（一四〇―一四二頁、野田一郎）

66％に縮小

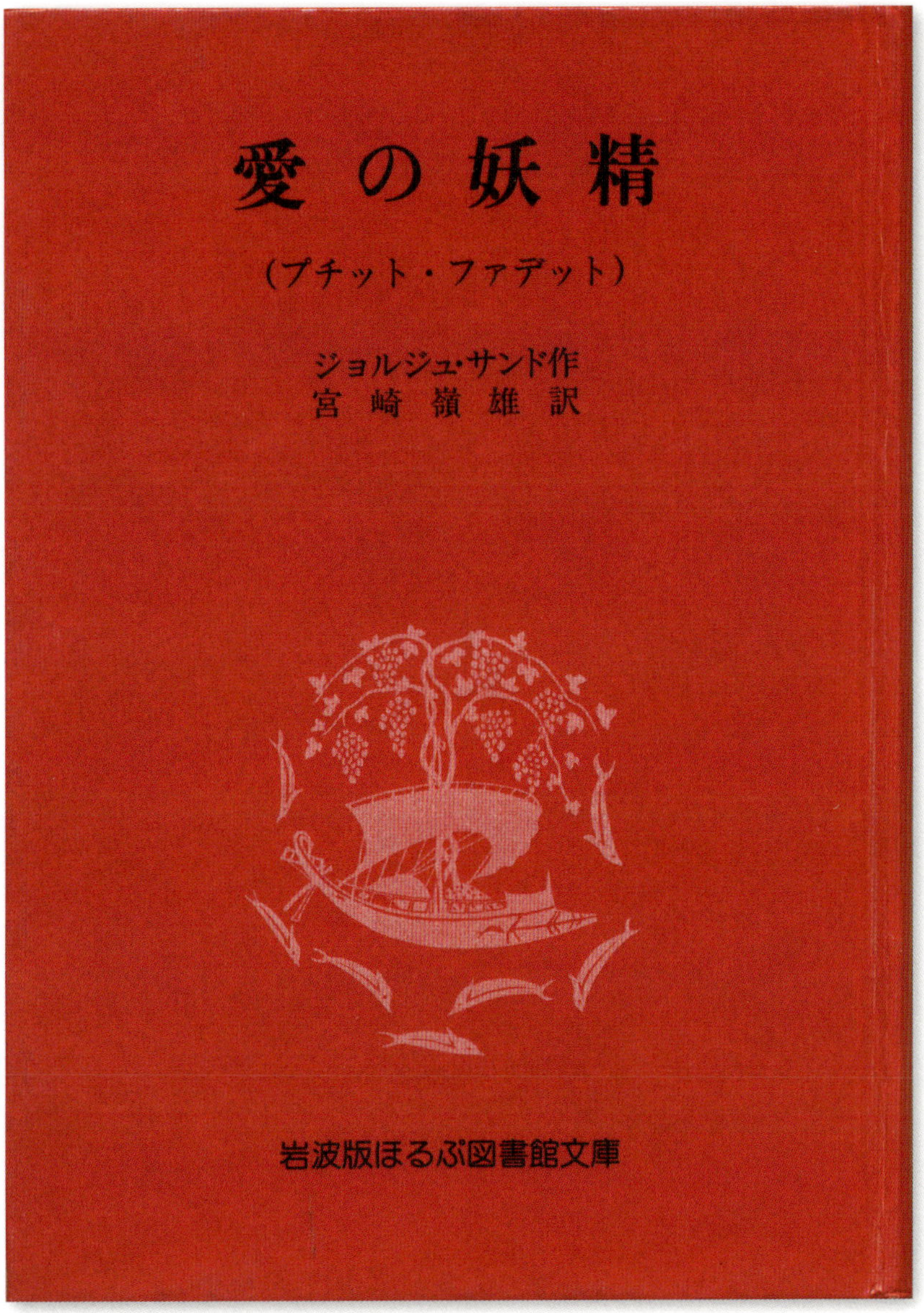

愛の妖精（プチット・ファデット）
（昭和50年9月1日発行）
ジョルジュ・サンド作
宮崎嶺雄訳
岩波版ほるぷ図書館文庫
文庫判上製本
岩波書店発行
ほるぷ企画・発売
定価表示ナシ
内容は、岩波文庫と同じ。

愛の妖精

（昭和51年11月5日発行）

マーガレット文庫・世界の名作39
サンド
山下喬子　文
カバー図案・装幀　みのそだつ
カバー絵・さし絵　文月　信
A５判上製本カバー
集英社発行
定価五八〇円

本扉（別紙一頁、カラー）
口絵（二―四頁、カラー）
みなさんへ（本文五頁、山下喬子）
目次（六―八頁）
中扉（九頁、二色刷）
この物語のおもな人びと（一〇―一一頁、二色刷）
本文（一二―一七七頁）
『愛の妖精』について（一七八―一八〇頁、山下）
奥付（一八一頁）
広告（一八二―一八四頁）

85％に縮小

愛の妖精

（一九七七年一〇月発行）昭和五二年

世界名作コミック⑭
G・サンド原作
三鈴　緑作画
新書判カバー付
ユニコン出版発行
定価三九〇円

共扉（三頁起こし）
刊行のことば（四頁）
目次（五頁）
おもな登場人物（六頁）
本文（七―一八五頁）
人と作品・解説（日高　敏、一八六―一八九頁）
奥付（一九〇頁）

愛の妖精

（昭和57年8月10日発行）

少年少女世界名作全集25
ジョルジュ・サンド原作
末松氷海子訳・文（省略訳）
絵・牧野鈴子
A5判上製カバー・シオリひも付
ぎょうせい発行
定価1200円

本扉（別紙、裏頁白）
口絵カラー3枚
もくじ（一―三頁）
筆者紹介（四頁）
本文（五―一七二頁）
解説（一七三―一七七頁、末松）
奥付（一七九頁）
広告（一八〇頁）

84％に縮小

愛の妖精

（一九八三年十月一日発行）昭和五八年
フラワーブックス17
サンド作
そや　やすこ訳
さし絵・林　寿恵
装　丁・大泉講平
B6判上製
小学館発行
定価六八〇円
口絵（別紙カラー、裏頁白）
本扉（共紙一頁）
目次（二―三頁、四頁訳者・画家紹介）
本文（五―二三四頁）
作者と作品について（二三五―二三八頁、訳者）
奥付（二三九頁）
広告（二四〇頁）

愛の妖精

（一九八五年一月無記日発行）昭和六〇年

ポプラ社文庫Ｃ34
サンド・作
南本史・文
カバー・さし絵　若林三江子
新書版カバー
ポプラ社発行
定価三九〇円

扉（共紙一頁）
もくじ（二―三頁）
本文（四―一八五頁）
解説（『愛の妖精』南本史、一八六―一九〇頁）
奥付（一九一頁）
ポプラ社文庫について（一九二頁）

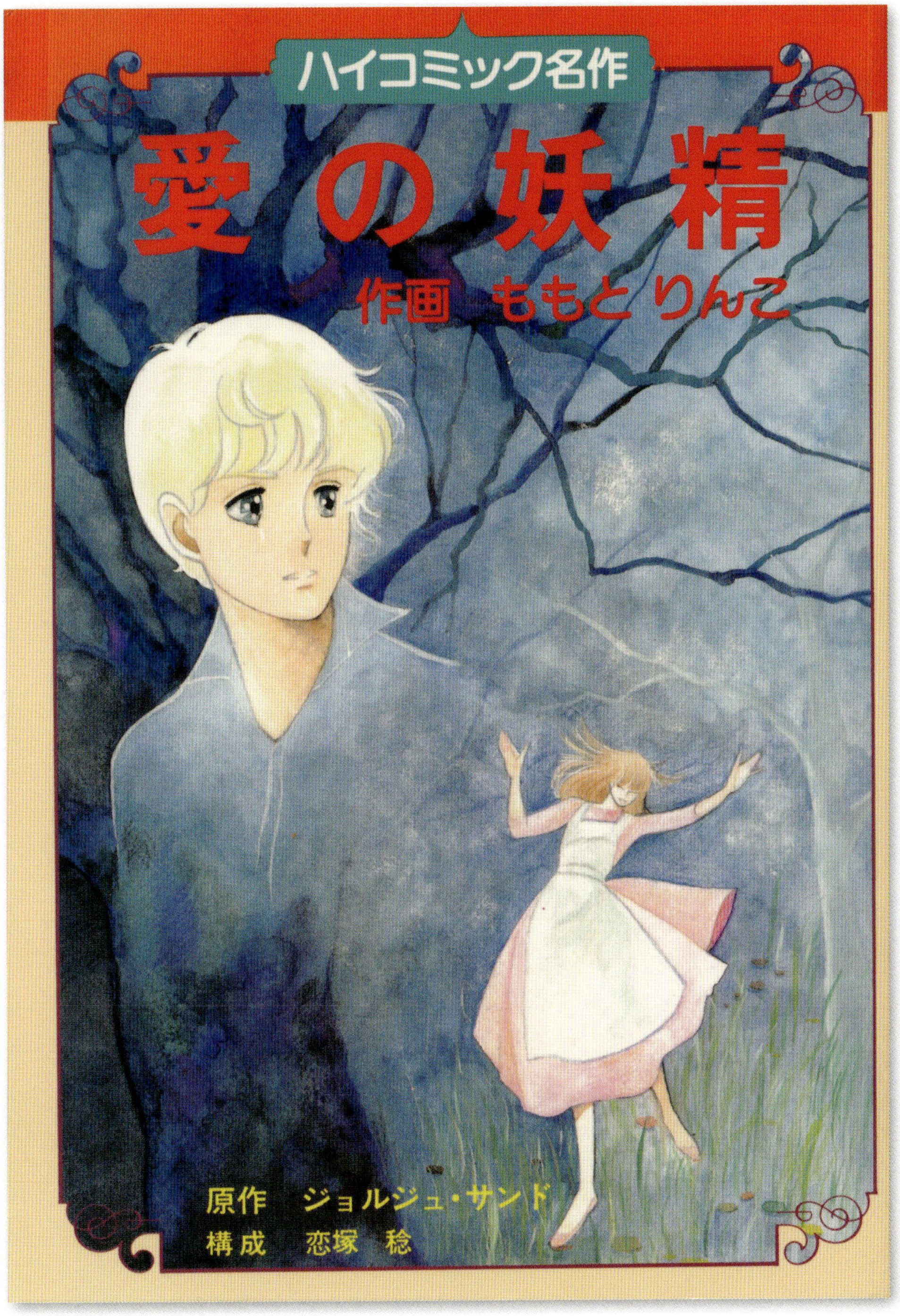

愛の妖精
（昭和60年8月1日発行）

ハイコミック名作8
ジョルジュ・サンド原作
ももと　りんこ作画
恋塚　稔構成
B6判並製カバー
学習研究社発行
定価五三〇円

本扉（共紙二色、一頁）
『愛の妖精』ジョルジュ・サンド（二―三頁）
愛の妖精の登場人物（四―七頁）
本文（八―一八四頁、一八五頁白）
愛の妖精クイズランド（一八六―一八七頁）
魔法使いのファデットには不思議な魅力が…
（一八八―一八九頁）
作画・構成者紹介（一九〇頁）
奥付（一九一頁、一九二頁白）

愛の妖精

（一九八六年五月一〇日発行）昭和六一年

ＭＥＩＪＩ　ＢＯＯＫＳ51
ジョルジュ・サンド
窪村義貫訳
新書判カバー
明治図書出版発行
定価四〇〇円

口絵（四頁、パリのサンド像、ノアンの田園風景、庭園内の緑陰、サンドの館、サンドの肖像〔シャパンティエ画〕、書斎の机ほか）
本扉（共紙一頁）
もくじ（二頁）
本文（三―二一五頁）
解説（二一六―二三九頁、ジョルジュ・サンドと『愛の妖精』窪村義貫）
奥付（二四〇頁）

愛の妖精

（１９９０年３月25日発行）平成２年

必読名作シリーズ
ジョルジュ・サンド著
篠沢秀夫訳
カバー画　守矢るり
挿絵　杉全《すぎまた》　直《ただし》
文庫判、カバー付
旺文社発行
定価五〇〇円（本体四八五円）

カバー折り返し（筆者サンド紹介）
本扉（共紙、一頁、二頁白）
目次（三頁、四頁白）
中扉（五頁）
序文（一八四八年九月、六頁）
本文（七―二八一頁、二八二頁白）
解説（篠沢秀夫、サンドの文学・『愛の妖精』
　について・作品鑑賞、二八三―三〇四頁）
奥付（裏表紙折り返し）

愛の妖精

（一九九一年七月三十日発行）平成三年

世界の少女名作３（全10巻の内）
Ｇ・サンド＝作
足沢良子＝訳
小林圭子＝絵
四六判上製（カバー、帯付）
岩崎書店発行
定価一一〇〇円

本扉（共扉、一頁）
もくじ（二―四頁）
本文（五―一八七頁）
解説（足沢良子、一八八―一九〇頁）
奥付（一九一頁）
広告（世界の少女名作10巻書名）

94％に縮小

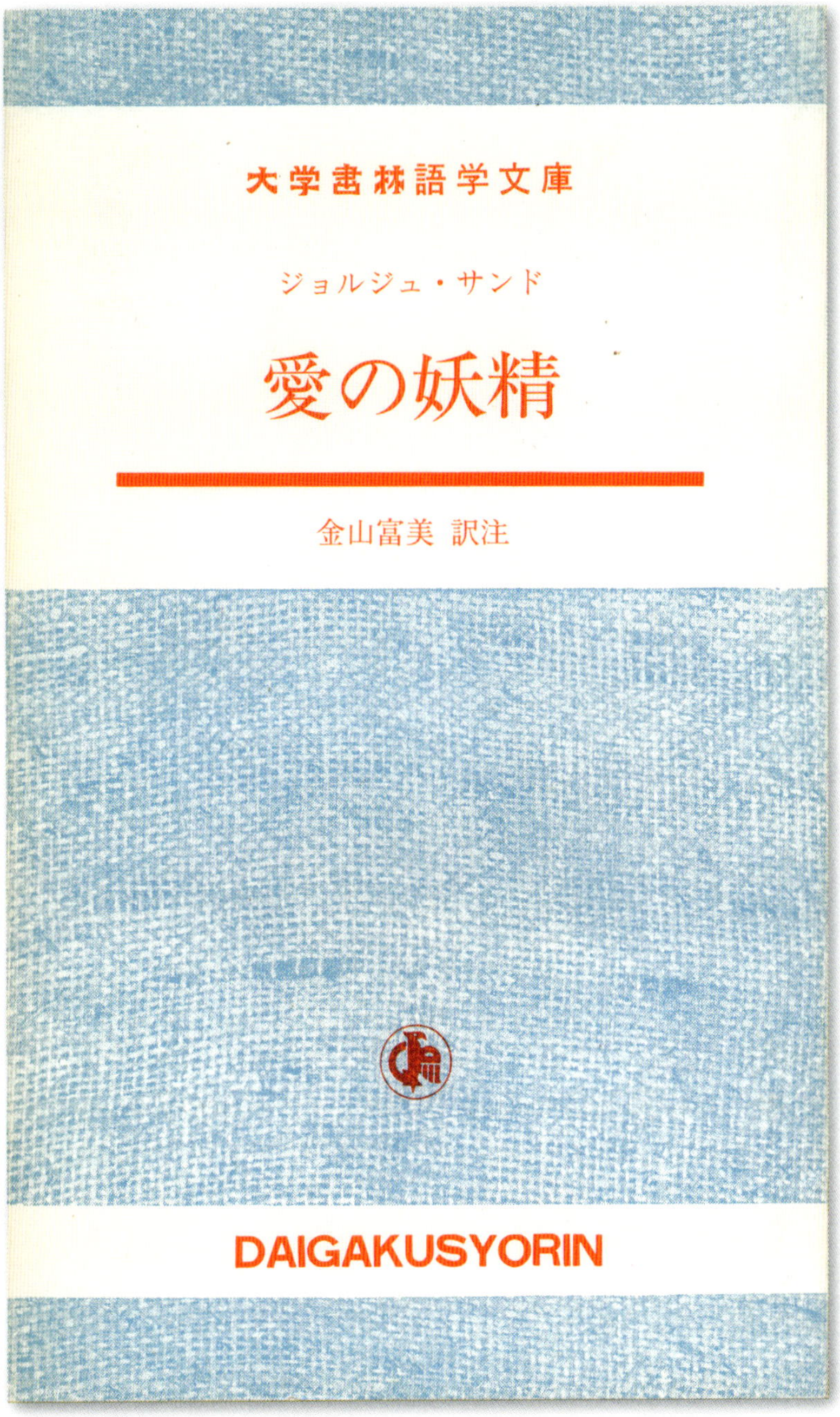

愛の妖精

（平成一二年四月三〇日発行）

大学書林語学文庫（対訳）
ジョルジュ・サンド
金山富美　訳注
新書判・カバー
大学書林発行
定価（本体一五〇〇円＋税）

本扉（共紙）
まえがき（i—vi、訳注者）
中扉（一頁）
本文（二頁—一三九頁）
奥付（一四一頁）
広告（一四二—一四四頁）

愛の妖精

（二〇〇五年六月二五日発行）平成一七年

ジョルジュ・サンド
篠沢秀夫訳
カバーイラスト　境ひとみ
カバーデザイン　平面惑星
中公文庫
中央公論新社発行
本体価格八三八円

本扉（共紙一頁、二頁白）
目次（三頁、四頁白）
中扉（五頁、六頁白）
本文（一―四〇章、七―二二四頁）
解説（篠沢秀夫、ジョルジュ・サンドの文学・「愛の妖精」について・作品鑑賞、二一五―二三九頁）
代表作品解題（アンディアナ、モオプラ、アンジボオの粉ひき、魔の沼、笛師の群れ、ヴィルメール侯爵、二四〇―二四六頁）
あとがき（二四七―二四九頁）
年譜（二五〇―二五三頁）
中公文庫版へのあとがき（二五五頁）
奥付（二五七頁）
広告（二五八―二六四頁）

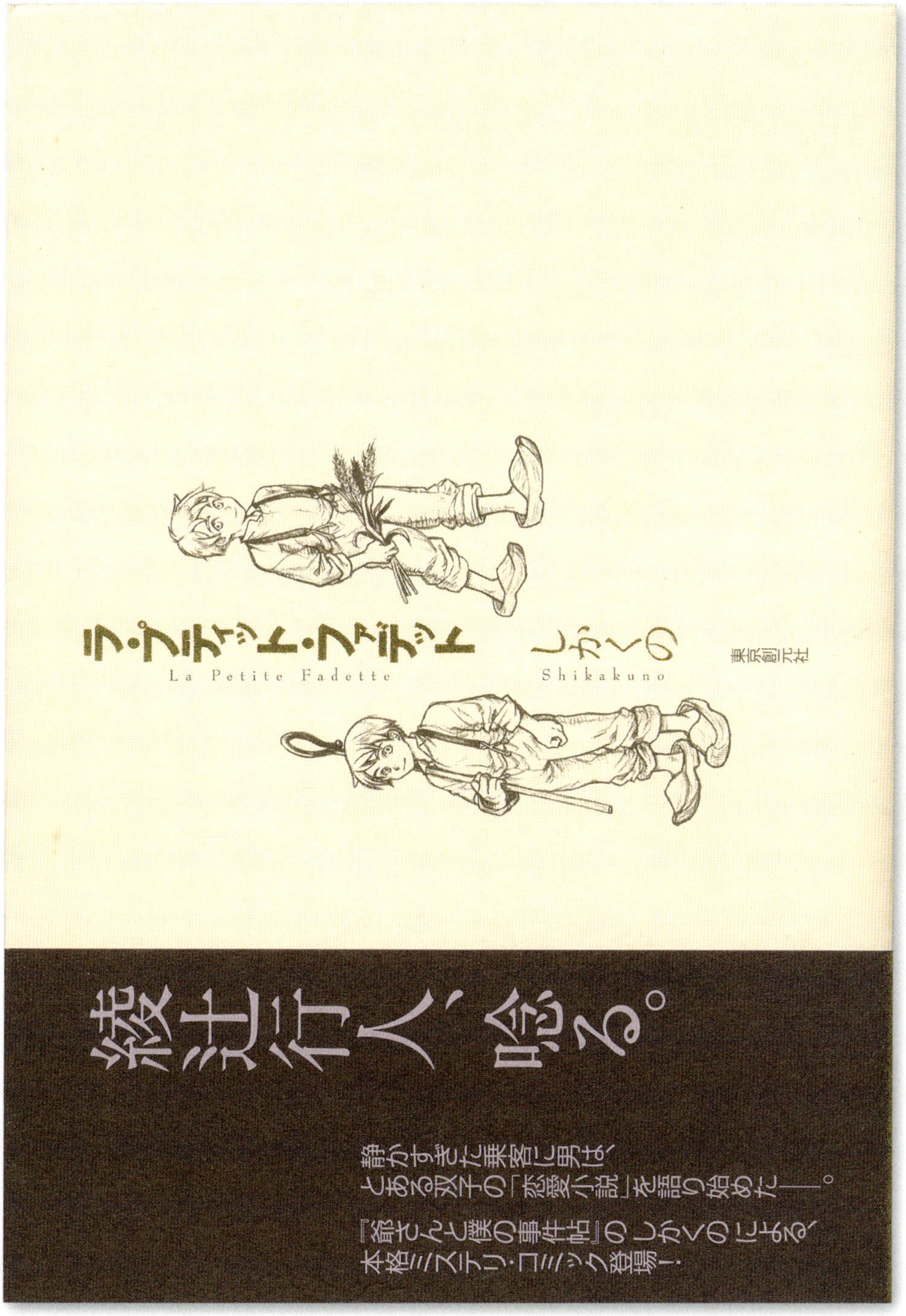

ラ・プティット・ファデット
（原題『愛の妖精』）
（２００９年７月30日発行）平成21年
ジョルジュ・サンド
しかくの翻案・コミック
装幀・関　善之
Ｂ６判並製本・カバー・帯
東京創元社発行
定価（本体７８０円＋税）
本扉（共紙一頁―二頁）
導入（三頁―六頁）
中扉（七頁）
本文（八頁―二三七頁）
あとがき（二三八頁、しかくの）

＊本書は、宮崎嶺雄訳『愛の妖精』（岩波文庫）を参考に、原作より一世紀後の二〇世紀初頭に舞台を移して翻案された、ミステリ・コミック。

笛師のむれ（上巻）
（昭和十二年十月十五日発行）

ジョルジュ・サンド作
宮崎嶺雄譯
岩波文庫
岩波書店発行
定價四十錢

本扉（共紙一頁、二頁白）
ウウジェエヌ・ランベルエ氏に（一八五三年四月十七日　サンド、三―六頁）
本文（第一夜―第十六夜、七―二九七頁）
註（二九九頁）
解説（譯者、三〇一―三〇三頁、三〇四頁白）
＊カルマン・レヴィイ版より翻訳
奥付（三〇五頁）
広告（三頁付）

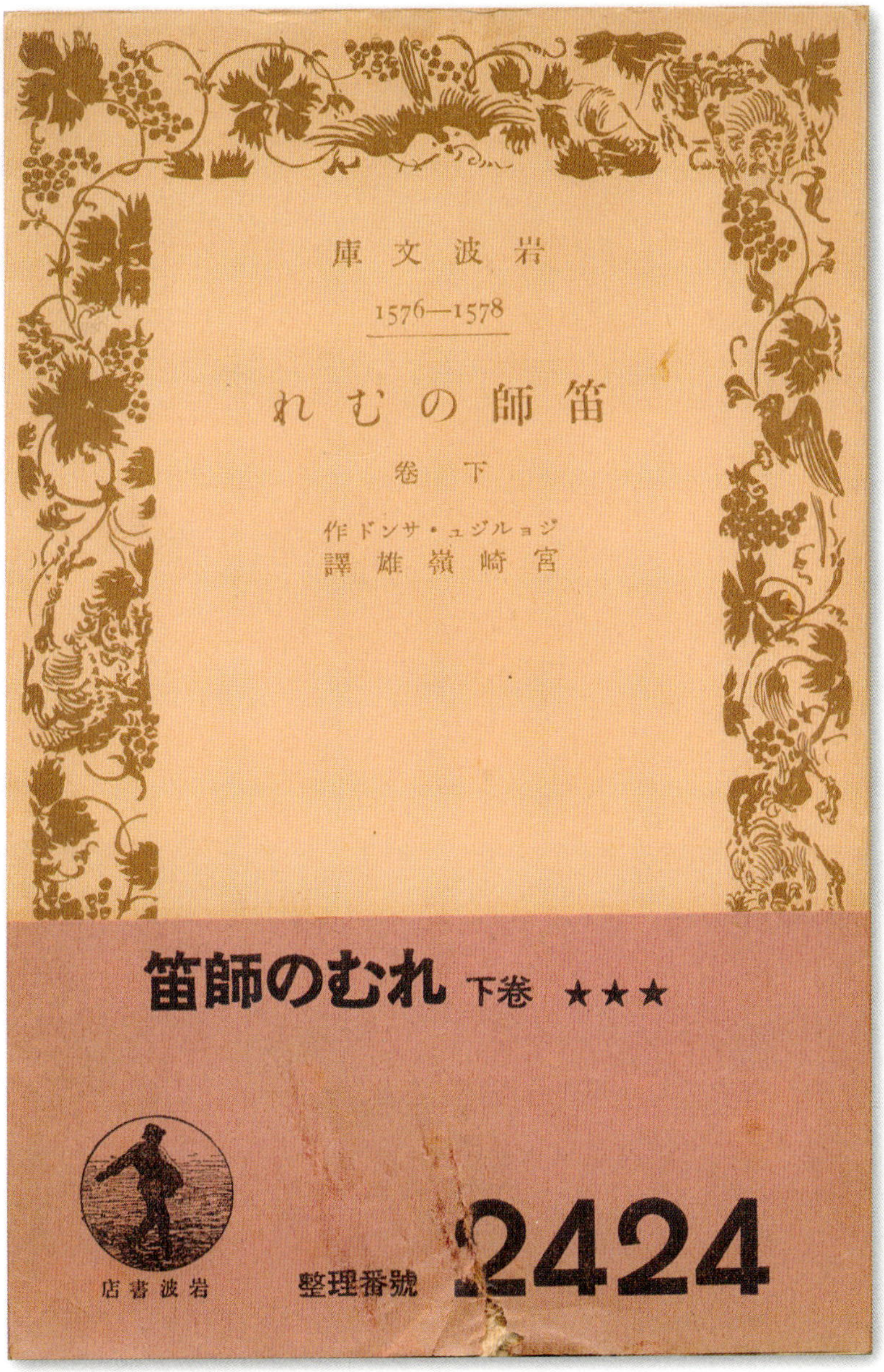

笛師のむれ（下巻）
（昭和十四年五月二日発行）
ジョルジュ・サンド作
宮崎嶺雄譯
岩波文庫
岩波書店発行
定價六十錢

本扉（共紙一頁、二頁白）
本文（第十七夜―第三十二夜、三―三一八頁）
奥付（三一九頁）
広告（三二〇―三四〇頁）

笛師のむれ1

（昭和廿三年十月十五日発行）

ジョルジュ・サンド作
宮崎嶺雄訳
装幀・菊池一雄
B6判フランス装
高桐書院発行
定價百六拾圓

本扉（三色刷）
口絵一枚入（スミ一色）
目次（1―3頁）
中扉（笛師のむれ1）
ウウジェエヌ・ランベエル氏に（三―七頁、
一八五三年、サンド）
本文（第一夜―第十二夜、九―二六六頁）
奥付（二六七頁）

笛師のむれ2

（昭和二十三年十一月十五日発行）

ジョルジュ・サンド作
宮崎嶺雄訳
装幀・菊池一雄
B６判フランス装
高桐書院発行
定價百六拾圓

本扉（四色刷）
口絵一枚
目次（Ⅰ—Ⅲ頁）
中扉（笛師のむれ２）
本文（第十三夜—第二十二夜、三—二五一頁）
奥付（二五三頁）

笛師のむれ3

（昭和廿四年一月三十日発行）

ジョルジュ・サンド作
宮崎嶺雄訳
装幀・菊池一雄
B6判フランス装
高桐書院発行
定價貳百圓

本扉（四色刷）
口絵一枚
目次（Ⅰ—Ⅲ頁）
中扉（笛師のむれ3）
本文（第二十三夜—第三十二夜、三—二四五頁）
解説（二四七頁—二五二頁、譯者）
奥付（二五三頁）
（カルマン・レヴィイ版を底本。岩波文庫と同じ訳）

森の笛師

（昭和二十六年十一月二十日発行）

世界名作物語第十四回配本
ジョルジュ・サンド
和田　傳
装幀　梁川剛一
カバー絵　さしえ　田中　良
四六判上製本カバー付
ポプラ社発行
定価一三〇円（地方売価一三五円）

本扉（別紙二色刷、裏頁白）
まえがき（一―二頁、和田傳）
目次（三―四頁）
中扉（五頁）
本文（一―二四七頁、二四八頁白）
奥付（二四九頁）
広告（二五〇―二五六頁）

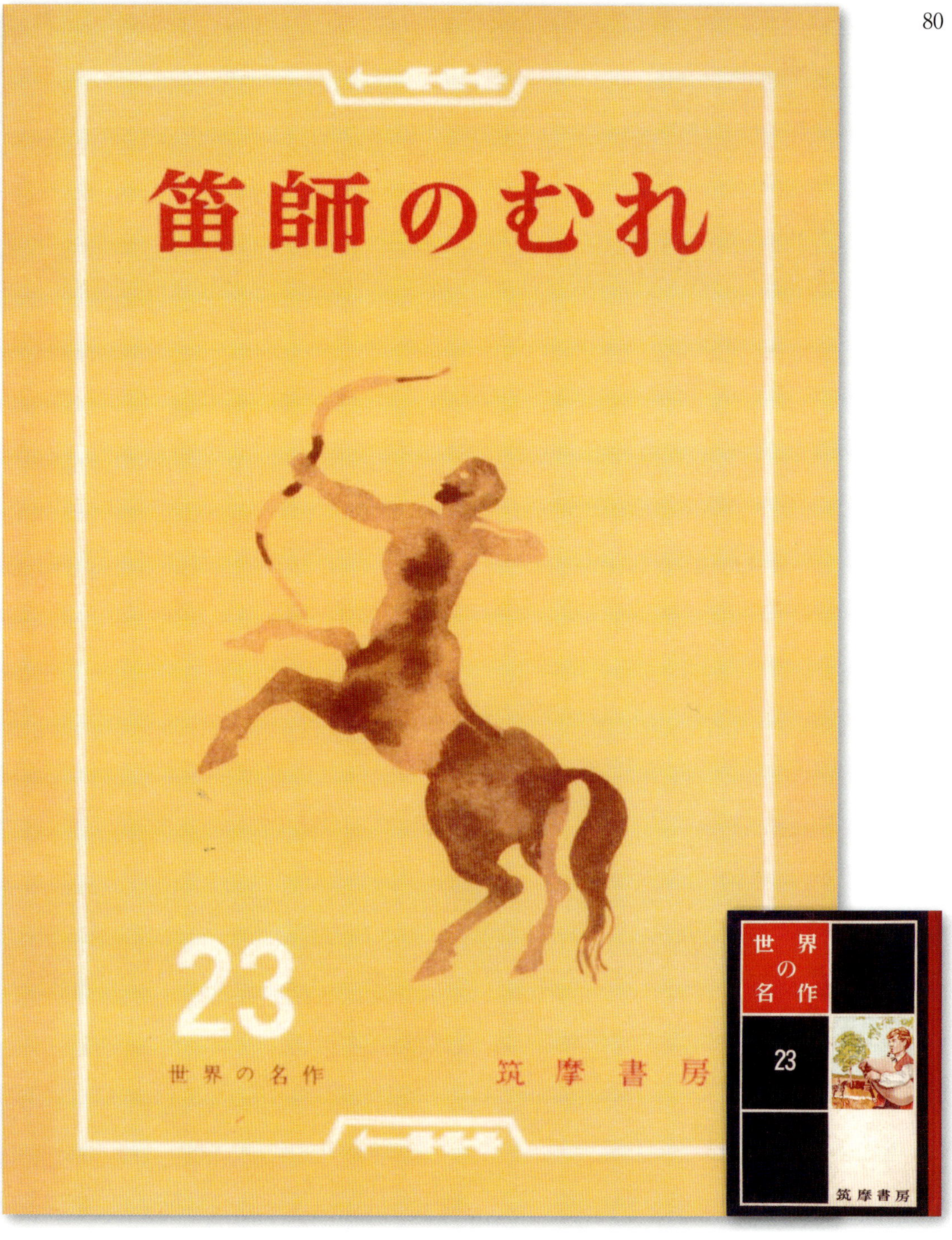

笛師のむれ

（昭和32年6月30日発行）

世界の名作23
ジョルジュ・サンド原作
宮崎嶺雄訳
関合正明絵
太田大八デザイン
B6判上製本
筑摩書房発行
定価一九〇円

本扉（二色刷、裏頁白）上記の書影は本扉
口絵（折りたたみ・関合正明）
目次（一―三頁）
この物語の主要人物（四―六頁）
中扉（七頁）
本文（八―三一五頁）
読者のために（三一六―三二〇頁）
奥付（三二一頁）
広告（世界の名作25巻・三二二頁）

我が生涯の記

（二〇〇五年八月二〇日発行）平成17年

ジョルジュ・サンド
加藤節子訳
装幀・齋藤久美子
A5並製三分冊・カバー箱入り
水声社発行
定価一五〇〇〇円＋税

第一分冊＝遊び紙四頁、本扉（五頁）、サンド系図（六―七頁）、地図（八頁）、献辞（九頁）、第一部（家族の歴史、一一―三一三頁）、第二部（私の幼年時代、三一五―六一五頁）、目次（六一七―六二一頁）、奥付（六二三頁、六二四頁白）

第二分冊＝遊び紙四頁、本扉（五頁）、第三部（子供時代から青春時代へ、七―二九六頁）、第四部（神秘主義から独立へ、二九七―六二二頁）、目次（六二三―六二七頁）、奥付（六二九頁、遊び紙三頁）

第三分冊＝遊び紙四頁、本扉（五頁）、第五部（文学生活と私生活、七―二七九頁）、間に口絵三二頁有り、結語（二八一―二八三頁）、年譜（二八五―三〇三頁）、訳者後記（三〇五―三二四頁）、詳細内容目次（三二五―三四一頁）、図版目次（三四三―三四八頁）、目次（三四九―三五三頁）、訳者紹介（三五五頁）、奥付（三五七頁）、遊び紙三頁

※84％に縮小

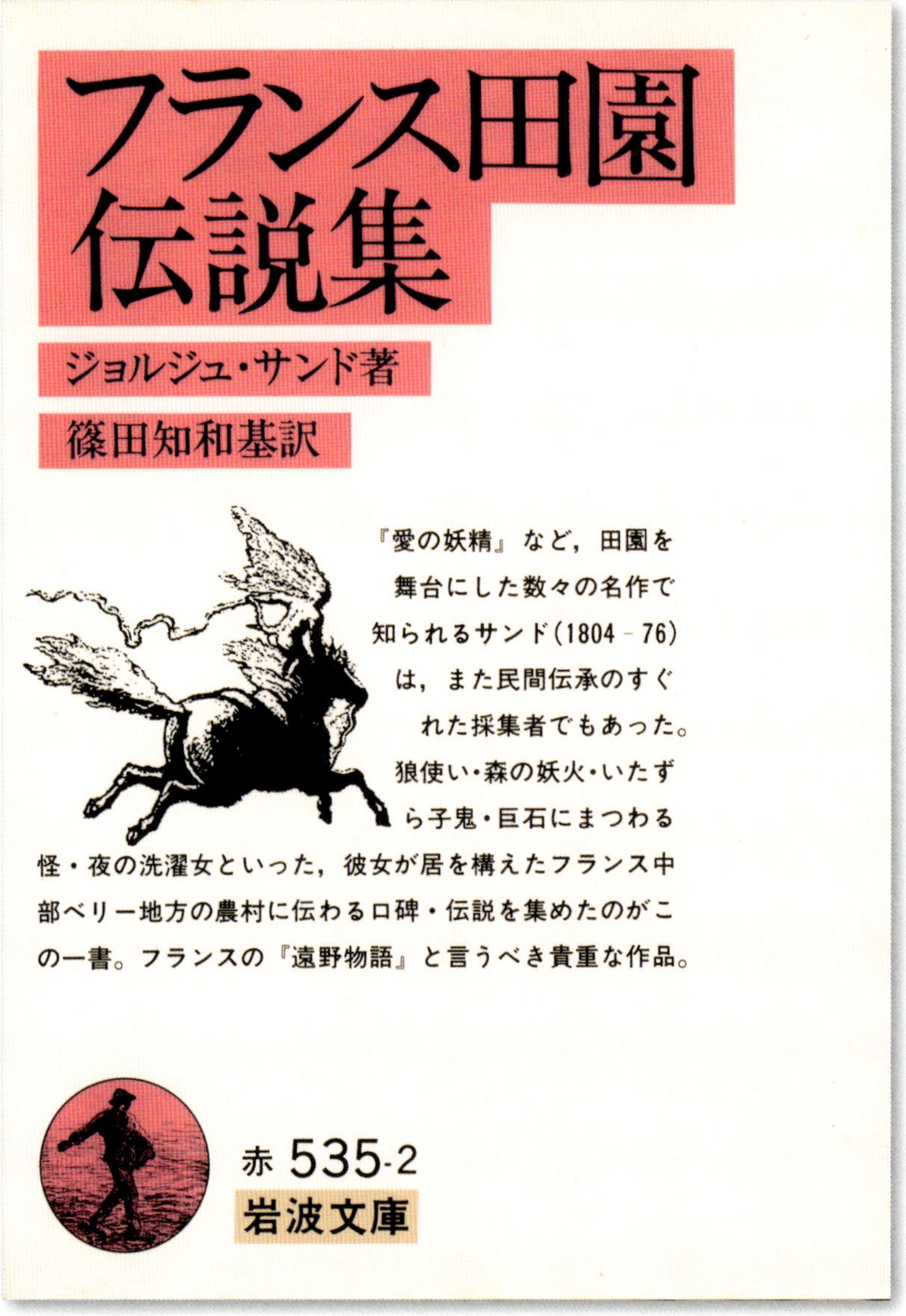
フランス田園伝説集
ジョルジュ・サンド著
篠田知和基訳
『愛の妖精』など，田園を舞台にした数々の名作で知られるサンド(1804－76)は，また民間伝承のすぐれた採集者でもあった。狼使い・森の妖火・いたずら子鬼・巨石にまつわる怪・夜の洗濯女といった，彼女が居を構えたフランス中部ベリー地方の農村に伝わる口碑・伝説を集めたのがこの一書。フランスの『遠野物語』と言うべき貴重な作品。
赤 535-2
岩波文庫

フランス田園伝説集

（一九八八年七月一八日発行）昭和63年

ジョルジュ・サンド著

篠田知和基訳

挿絵・モーリス・サンド

岩波文庫

岩波書店発行

定価四〇〇円

扉（共紙、二頁白）

もくじ（三頁―四頁）

献辞（モーリス・サンドへ、五頁）

まえがき（六―一〇頁）

本文（一一―一九〇頁）

訳者あとがき（一九一―二〇八頁）

奥付（二〇九頁）

広告（二一〇―二一四頁）

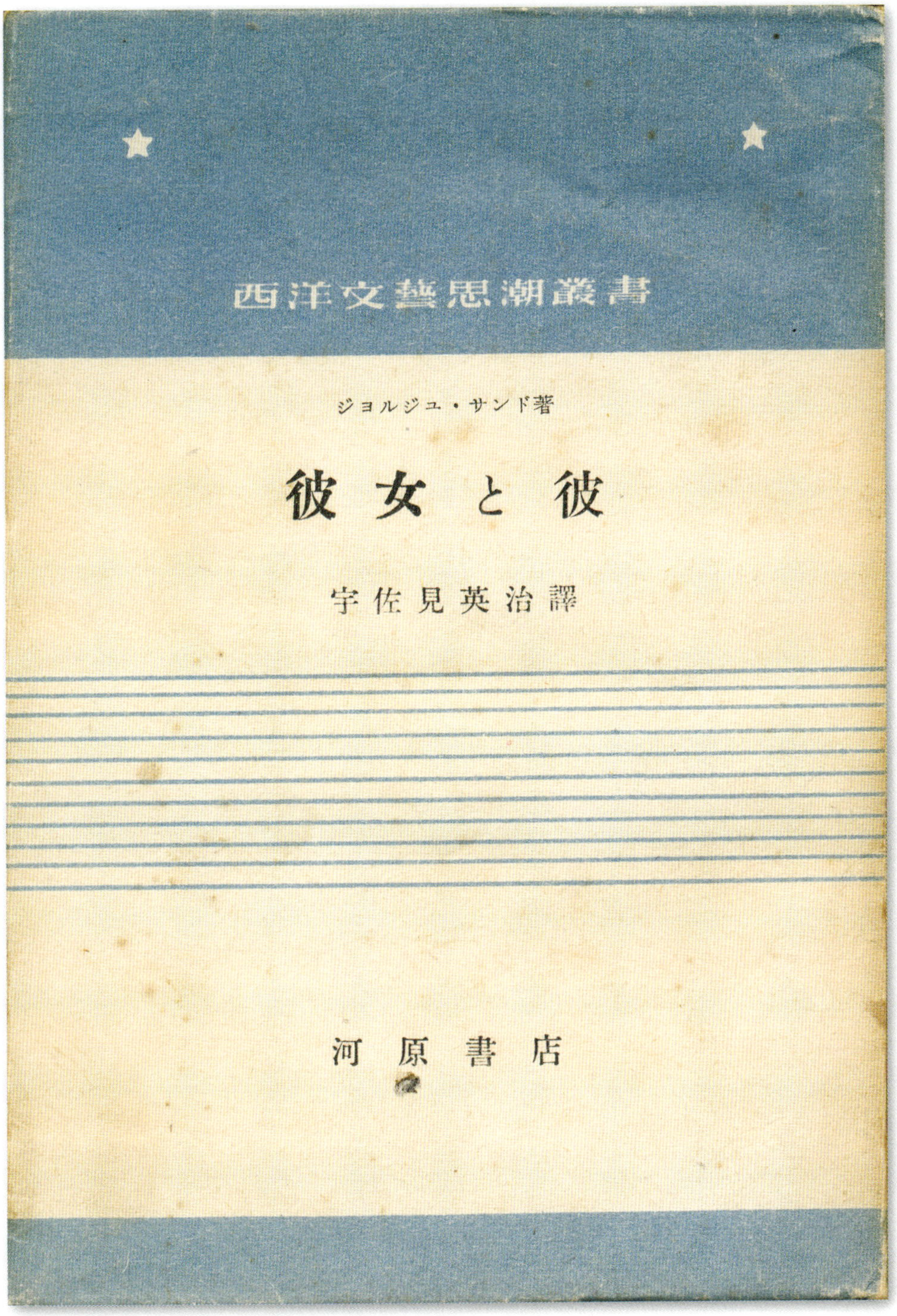

彼女と彼

（昭和廿三年九月五日発行）

西洋文藝思潮叢書
ジョルジュ・サンド著
宇佐見英治譯
Ｂ６判フランス装
河原書店発行
定價二百圓

本扉（別紙、裏頁白）
口絵（一枚、サンド肖像画）
はしがき（一頁分、譯者）
中扉（共紙、裏頁白）
本文（一―三三六頁）
註（三三七―三四〇頁）
あとがき（サンドとミュッセ、三四一頁―三五一頁、三五二頁白）
奥付（三五三頁）
広告（三五四頁）

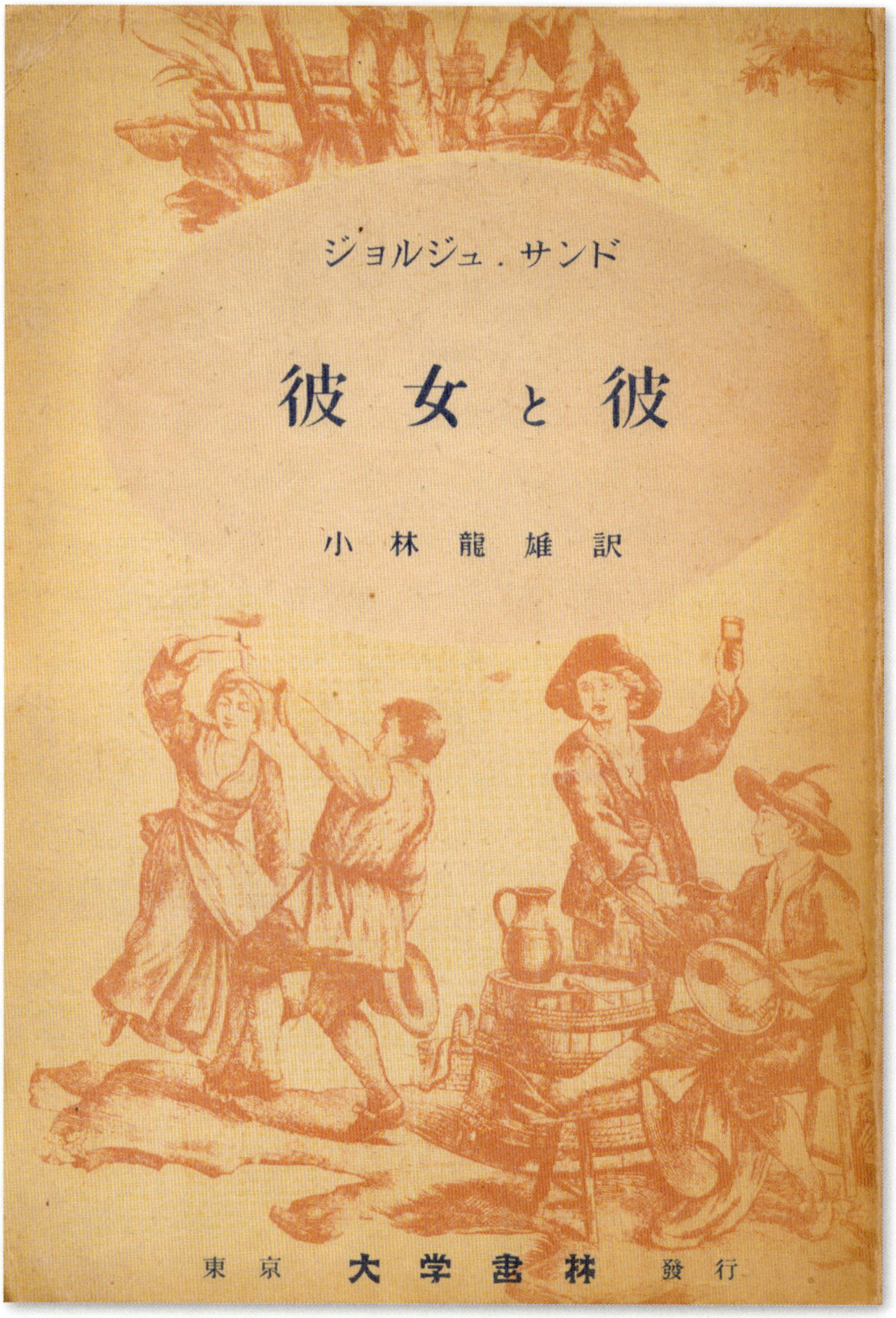

彼女と彼

（昭和二十三年十二月三十日発行）

ジョルジュ・サンド選集１
ジョルジュ・サンド
小林龍雄訳
Ｂ６判薄上製本
大学書林発行
定價二百円

本扉（別紙一頁、二頁は原題表記）
口絵（サンド肖像画）
中扉（共紙、裏白頁）
本文（一―三七五頁）
あとがき（三七七―三八一頁、譯者）
奥付（三八三頁、貼奥付）

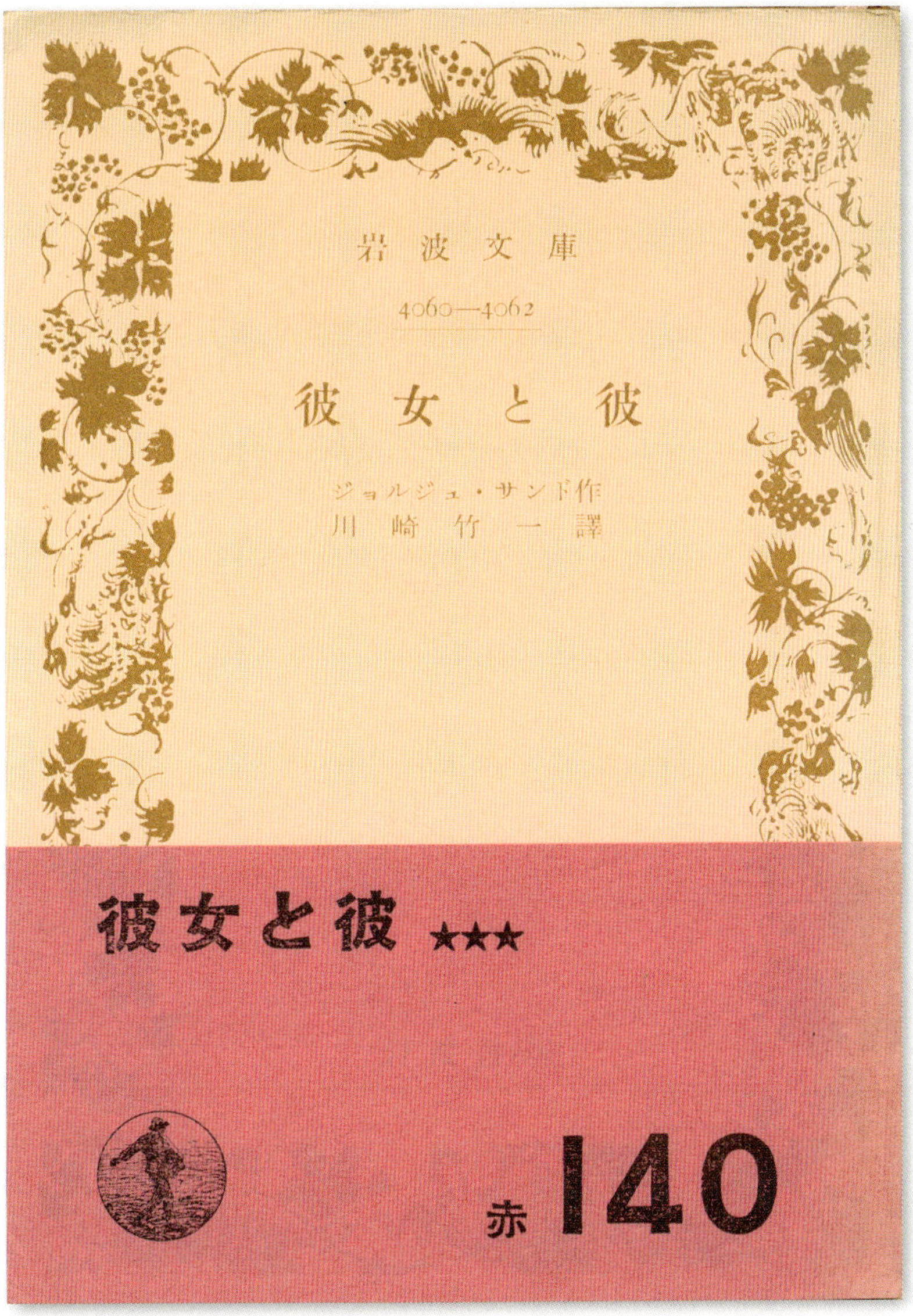

彼女と彼

（昭和二十五年五月五日発行）

ジョルジュ・サンド作
川崎竹一譯
岩波文庫（帯付）
岩波書店発行
定價九拾圓

本扉（共紙一頁、二頁白）
本文（三―三一四頁）
あとがき（三一五―三一八頁）
＊カルマン・レヴィ版生誕百年記念出版版
より翻訳
奥付（三一九頁）
広告（三頁付）

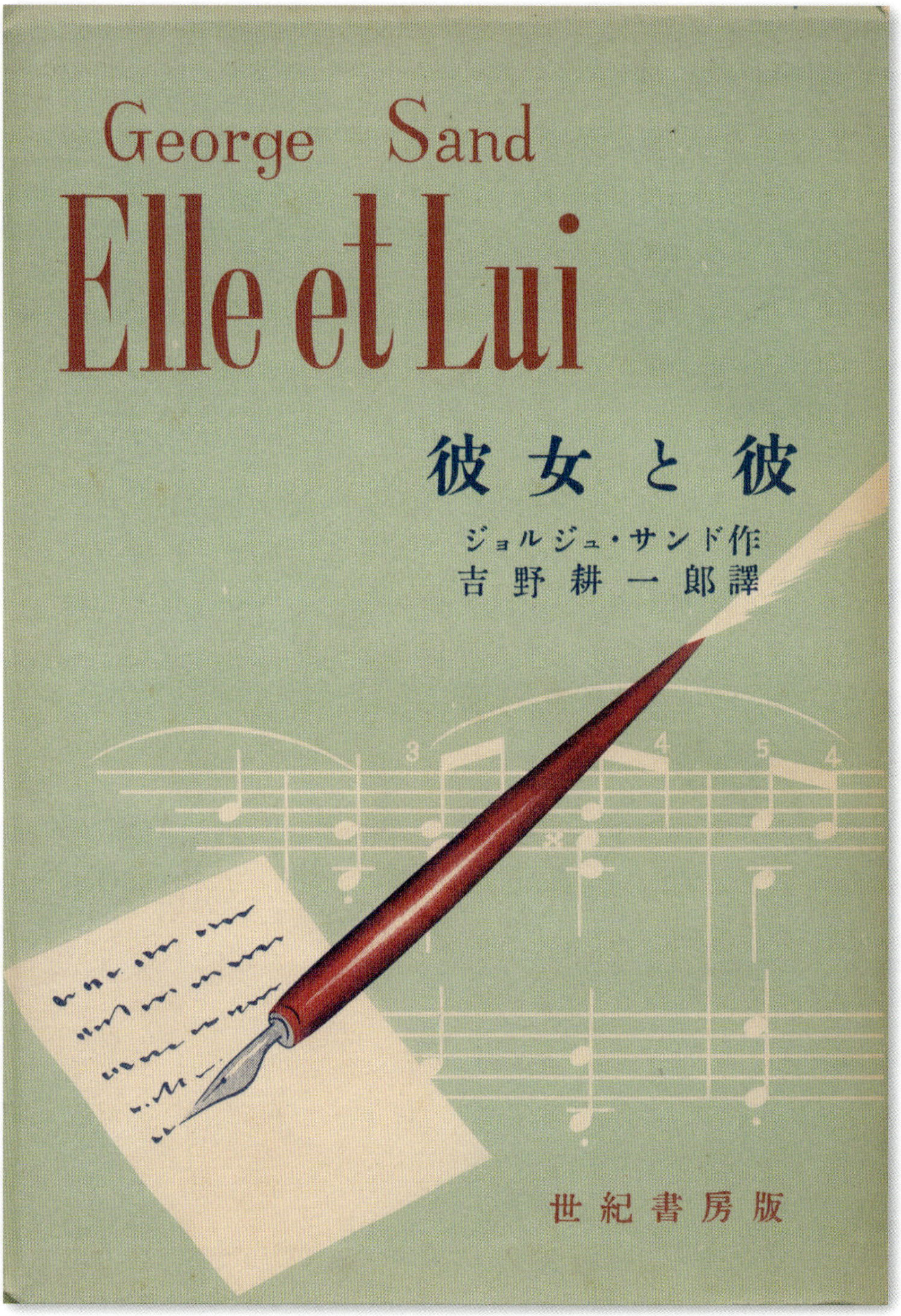

彼女と彼

（昭和二十六年四月一日発行）

ジョルジュ・サンド作
吉野耕一郎譯
B６判フランス装
世紀書房発行
定價金貳百円

本扉（別紙二色刷、裏白頁）
中扉（共紙一頁、二頁白）
本文（三―三〇七頁、三〇八頁白）
註者あとがき（三〇九―三一一頁、三一二頁白）
奥付（三一三頁）
広告（三一四頁）

彼女と彼

（昭和二十八年九月三十日発行）

ジョルジュ・サンド
宇佐見英治譯
文庫版・帯・シオリひも付
角川文庫
角川書店発行
臨時定価一〇〇円

口絵（サンドの肖像・ミュッセ筆）
本扉（共紙一頁、二頁白）
本文（三―二八九頁）
譯注（二九〇―二九一頁）
あとがき（サンドとミュッセ、二九二―三〇八頁）
奥付（三〇九頁）
広告（三一〇頁―三二〇頁）

本書は、昭和二三年九月に発行された河原書店版の改訳、新解説である。

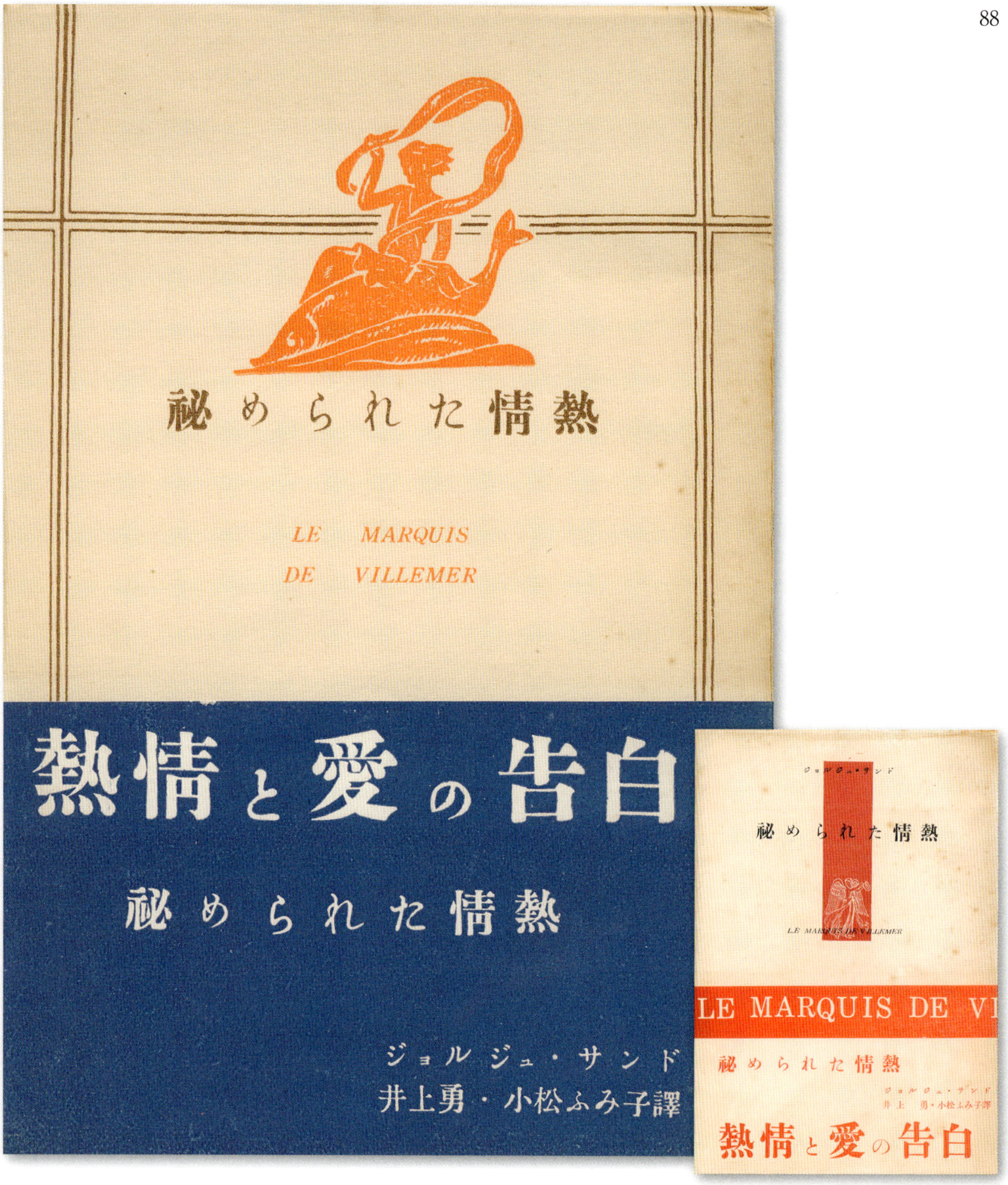

秘められた情熱

原題・ヴィルメール侯爵

（昭和25年8月15日発行）

ジョルジュ・サンド作
井上勇・小松ふみ子譯
B6判フランス装（本文2段組）
北隆館発行
定価一六〇円

本扉（別紙、裏頁白）
サンド肖像画
まえがき（1—2頁、井上勇）
中扉
本文（三—二七四頁）
解説（二七五頁—二八九頁、小松ふみ子）
奥付（二九一頁）

＊本書の初版本には、二種類の装幀本があるので、それぞれ掲載した。

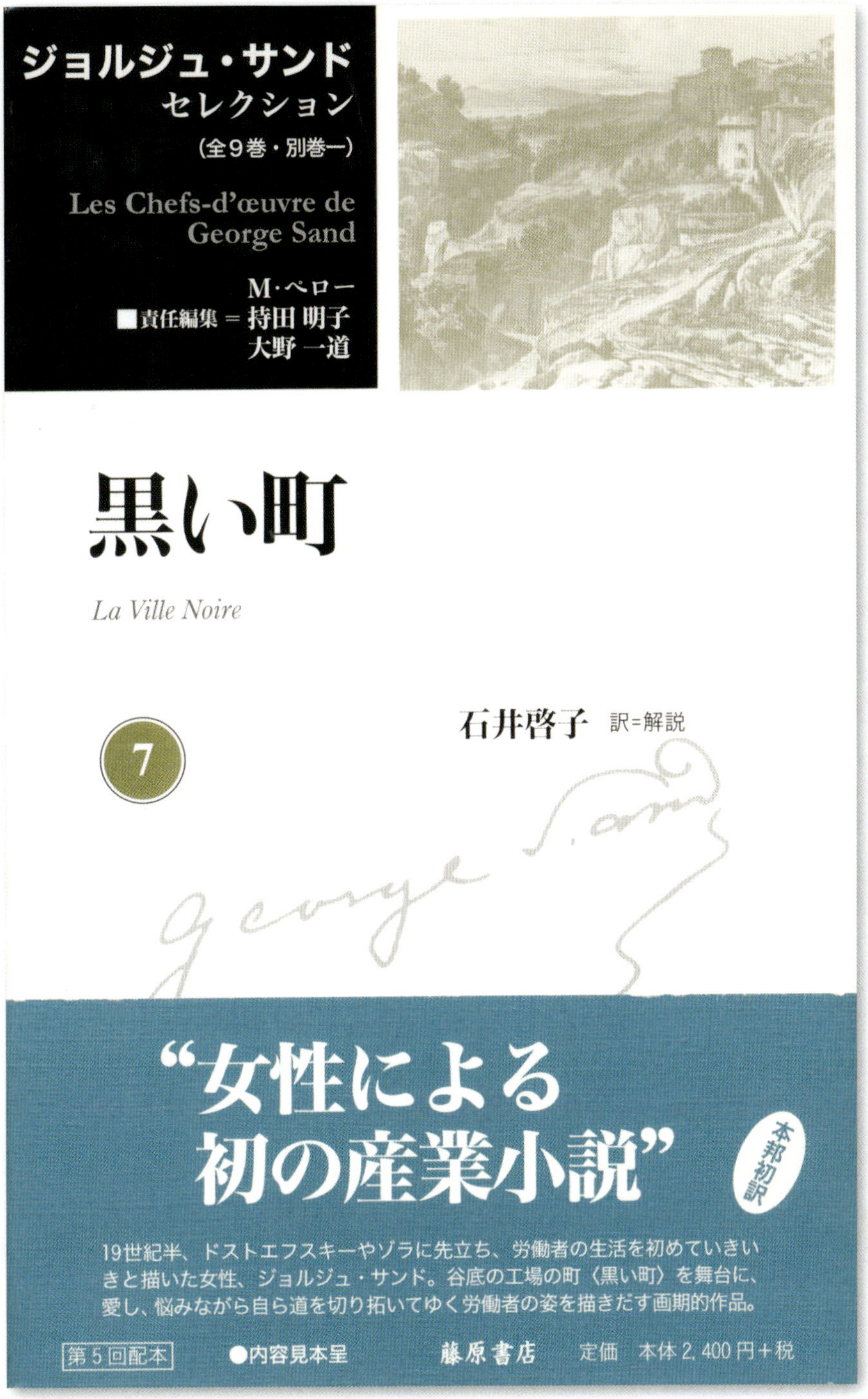
ジョルジュ・サンド
セレクション
（全9巻・別巻一）
Les Chefs-d'œuvre de
George Sand
M・ペロー
■責任編集＝持田明子
大野一道
黒い町
La Ville Noire
石井啓子 訳＝解説
7
"女性による
初の産業小説"
本邦初訳
19世紀半、ドストエフスキーやゾラに先立ち、労働者の生活を初めていきいきと描いた女性、ジョルジュ・サンド。谷底の工場の町〈黒い町〉を舞台に、愛し、悩みながら自ら道を切り拓いてゆく労働者の姿を描きだす画期的作品。
第5回配本
●内容見本呈
藤原書店
定価　本体2,400円＋税

黒い町

（二〇〇六年二月二八日発行）平成18年

ジョルジュ・サンドセレクション7
石井啓子訳＝解説
四六判変型フランス装・カバー・帯付
藤原書店発行
定価（本体二四〇〇円＋税）

本扉（別紙、裏頁＝仏文表題）
もくじ（共紙、一—二頁）
中扉（三頁）
オーベルニュ地方の地図（四頁）
本文（五—二五九頁、二六〇頁白）
訳者解説（二六一—二九一頁、二九二頁白）
奥付（二九三頁）
広告（二九四—二九六頁）

94％に縮小

ジェルマンドル一家

（昭和二十三年十月三十日発行）

ジョルジュ・サンド作
水谷謙三　訳
B6判フランス装
第三書房発行
定價百二十圓

口絵（男装のサンド、一枚）
本扉（別紙二色刷）
中扉（一頁）
本文（三―一八九頁）
あとがき（一九〇頁、譯者）
奥付（貼奥付、一九一頁）
広告（一九二頁）

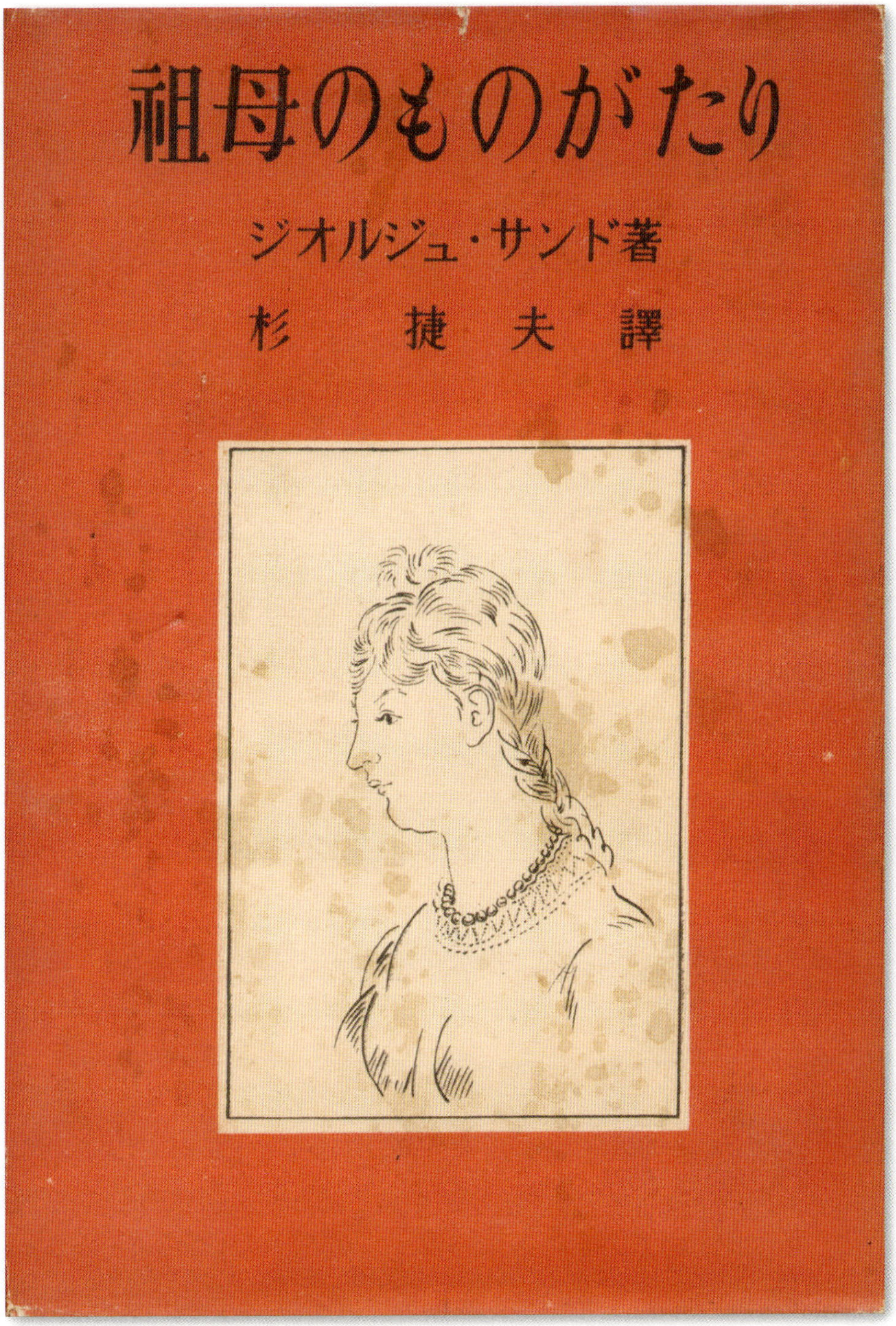

祖母のものがたり
（ものをいうカシの木・バラ色の雲・ピクトルデュの館）
（昭和二十五年二月一日発行）

ジオルジュ・サンド著
杉　捷夫譯
そうてい・さしえ　山下新太郎
B6判フランス装
山の木書店発行
定價百八十圓

本扉（別紙、二色刷、裏頁白）
目次（本文共紙、前付一―三頁、四頁白）
はしがき（前付五―九頁、訳者、一〇頁白）
ものをいうカシの木中扉（一頁、二頁さしえ）
ものをいうカシの木本文（三―六九頁、七〇頁白）
バラ色の雲中扉（七一頁、七二頁さしえ）
バラ色の雲本文（七三―一三七頁、一三八頁白）
ピクトルデュの館中扉（一三九頁、一四〇頁さしえ）
ピクトルデュの館本文（一四一―三〇〇頁）
奥付（三〇一頁、貼奥付）
広告（三〇二頁）

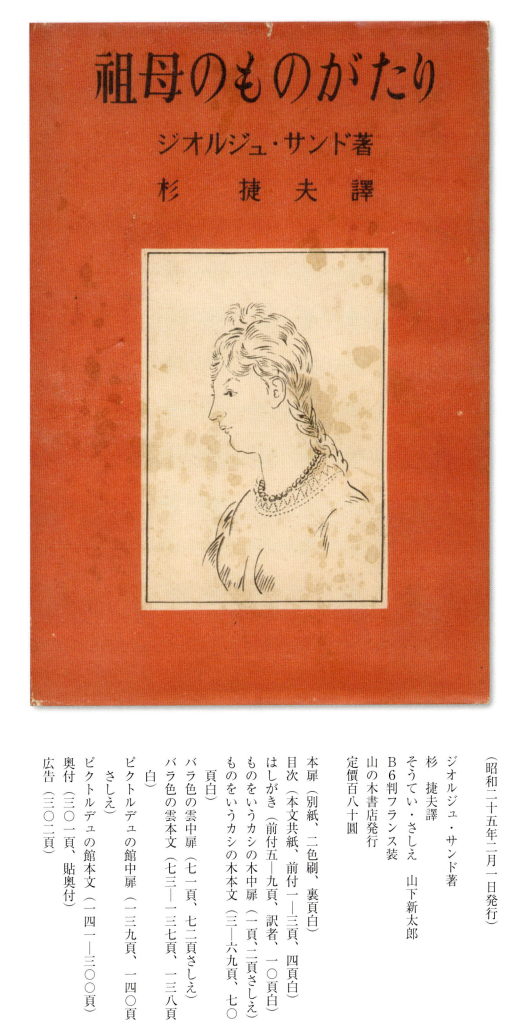

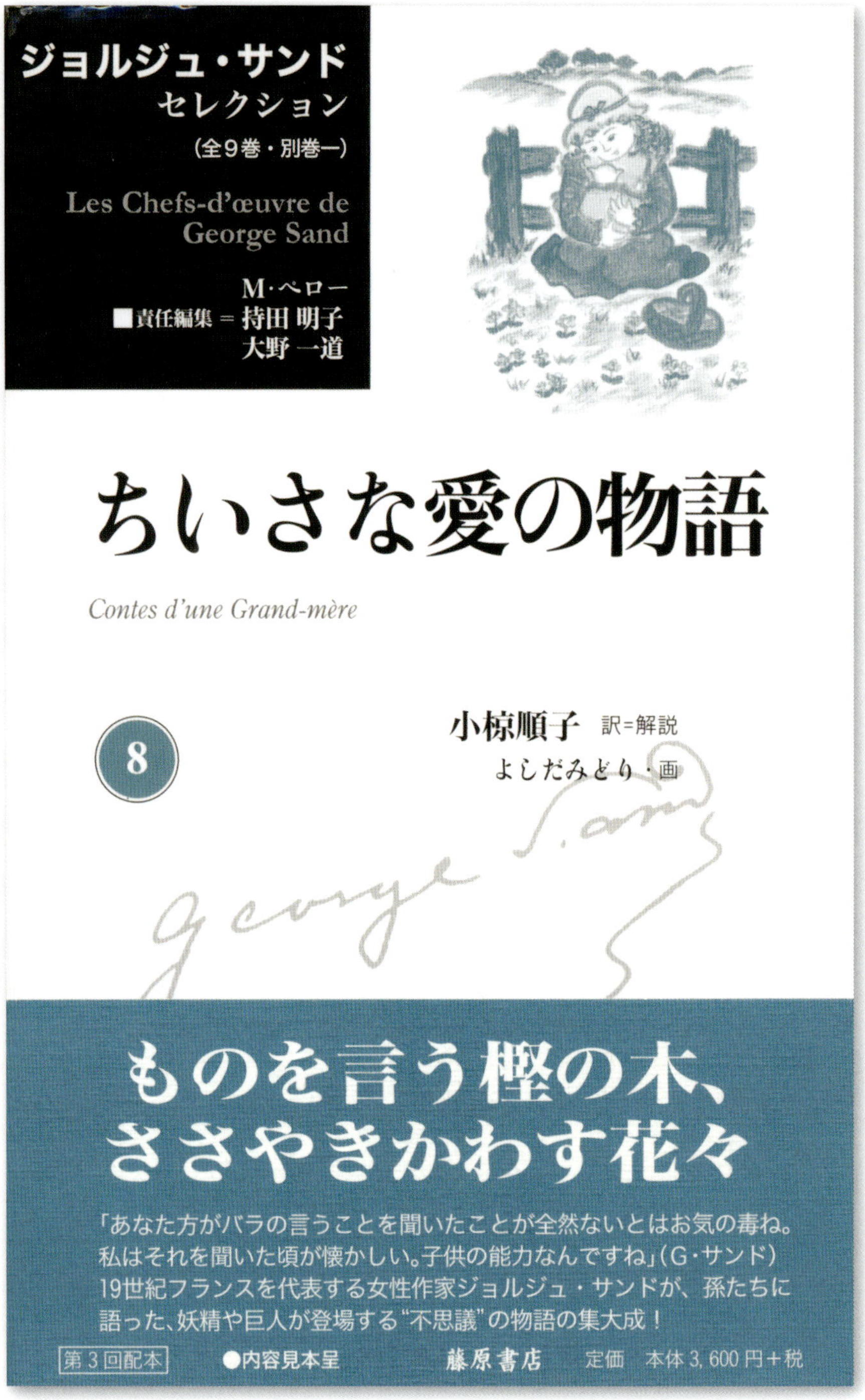

ちいさな愛の物語（おばあさんの物語）
（二〇〇五年四月三〇日発行）平成17年

ジョルジュ・サンドセレクション8
小椋順子訳＝解説
よしだみどり画
四六判変型フランス装・カバー・帯付
藤原書店発行
定価（本体三六〇〇円＋税）

本扉（別紙、裏頁＝仏文表題）
もくじ（共紙、一―二頁）
中扉（三頁、四頁白）
ピクトルデュの城（本文五―一一三頁、一一四頁白）女王コアックス（本文一一五―一五〇頁）バラ色の雲（本文一五一―一九六頁）勇気の翼（本文一九七―三〇一頁、三〇二頁白）巨岩イエウス（本文三〇三―三五六頁）ものを言う樫《カシ》の木（本文三五七―三九九頁、四〇〇頁白）犬と神聖な花（本文四〇一―四五三頁、四五四頁白）花のささやき（本文四五五―四六九頁、四七〇頁白）埃《ほこり》の妖精（本文四七一―四八七頁、四八八頁白）牡蠣《かき》の精（本文四八九―五〇二頁）
訳者解説（五〇三頁―五一五頁、五一六頁白）
奥付（五一七頁）
広告（五一八―五二〇頁）

94％に縮小

コアックス女王

（一九九二年十二月十八日発行）平成四年
ジョルジュ・サンド
平井知香子訳
装丁・挿絵　中村斎子
A５上製箱入・スピン付
青山社発行（京都市）
定価二〇〇〇円（本体一九四二円）
遊び紙（白頁一枚）
本扉（前付一頁「コアックス女王―『おばあさまのお話』より―」、二頁白、三頁扉、四頁白）
口絵（カラー一枚）
目次（本文一頁、二頁白）
中扉（三頁、四頁白）
献辞（オーロール・サンド嬢に――五頁）
本文（七頁―七三頁）
「コアックス女王」について（七五―一二〇頁、訳者）
あとがき（一二一―一二七頁）
サンド写真（一二八頁）
注・参考文献（四頁付、一二九―一三二頁）
奥付（一三三頁）
83％に縮小（箱）
30％に縮小（表紙）

薔薇色の雲
ピクトルデュの館

（昭和十九年二月三十日発行）

ジョルジュ・サンド
杉捷夫譯
装幀・挿画　大石俊彦
A５判フランス装
青磁社発行（東京神田）
定價三円、特別行爲税八銭（売価合計三圓八銭）

本扉（共紙二色刷、裏頁白）
中扉（本文一頁、二頁・装幀者名）
本文（薔薇色の雲一―七五頁、ピクトルデュの館七七―二五七頁）
あとがき（二五八―二六一頁）
目次（二六二―二六三頁）
奥付（二六五頁）
広告（二六六―二六七頁）

なお、昭和二十二年二月廿五日、第二刷が出版されているが、本の大きさはB６判フランス装で、装幀と内容は同じである。青磁社の住所は札幌市になっている。さらに、三版が表題が左から表示され、装幀も変え昭和24年５月31日に出された。一二七頁参照。

87％に縮小

薔薇色の雲
ピクトルデュの館

（昭和二十四年十二月三十日発行）

ロマンチック叢書20
ジョルジュ・サンド
杉　捷夫譯
B6判フランス製、カバー付
挿畫・大石俊彦
青磁社発行
定價百五十圓（地方賣價百六十圓）

本扉（二色刷、裏白）
中扉（共紙一頁、二頁・装幀者名）
本文（三―二五七頁）
あとがき（二五八頁―二六一頁）
目次（二六二―二六三頁）
奥付（貼り奥付）
※本書は、昭和十九年に出版された紙型を使い、昭和廿四年五月廿一日三版として発行されたものの次に、ロマンチック叢書と入れて出された。

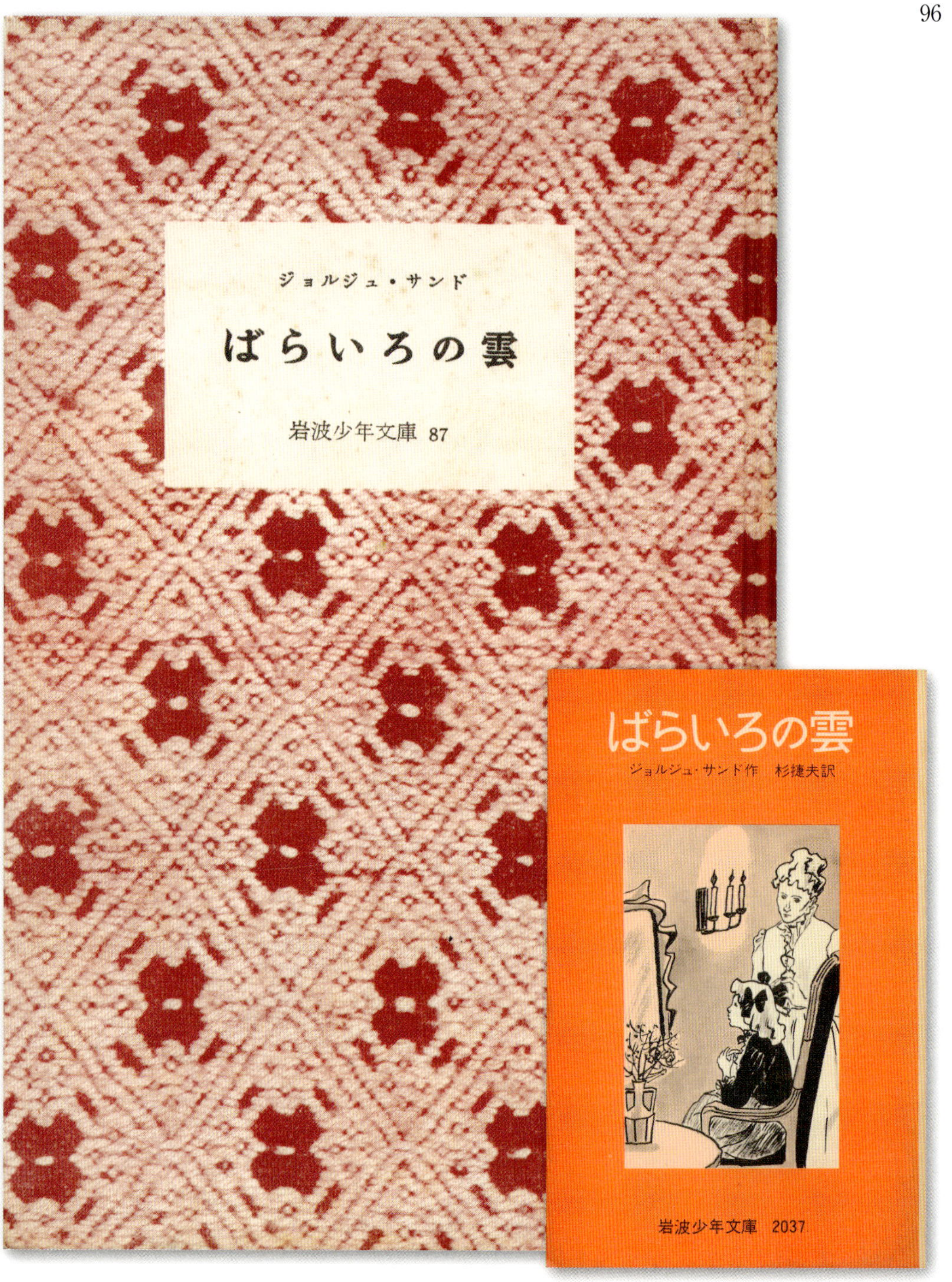

ばらいろの雲
ものをいうカシの木
ピクトルデュの館

（昭和29年12月15日発行）

岩波少年文庫87
ジョルジュ・サンド
杉 捷夫訳
さし絵 朝倉 摂
B6判上製本・スピン・帯付
岩波書店発行
定価一八〇円

本扉（共紙一頁、二頁白）
もくじ（三―四頁）
中扉（五頁、ものをいうカシの木、同本文六―六九頁、七〇頁白）
中扉（七一頁、ばらいろの雲、同本文七二―一三三頁、一三四頁白）
中扉（一三五頁、ピクトルデュの館、同本文一三六―二八二頁）
あとがき（二八三―二八五頁、訳者）
奥付（二八七頁）、岩波少年文庫発刊に際して（二八八頁）、広告（二八九―二九三頁、少年文庫目録）

★本書は、昭和二五年発行『祖母の物語』（山ノ木書店刊）と内容は同じもの。なお、後日、ボール箱入り本（次頁）、コート箱入り本（昭和44年11月）、そして岩波少年文庫二〇三七（昭和49年11月15日）B６並製本として出版されている。

B６並製本は50％に縮小

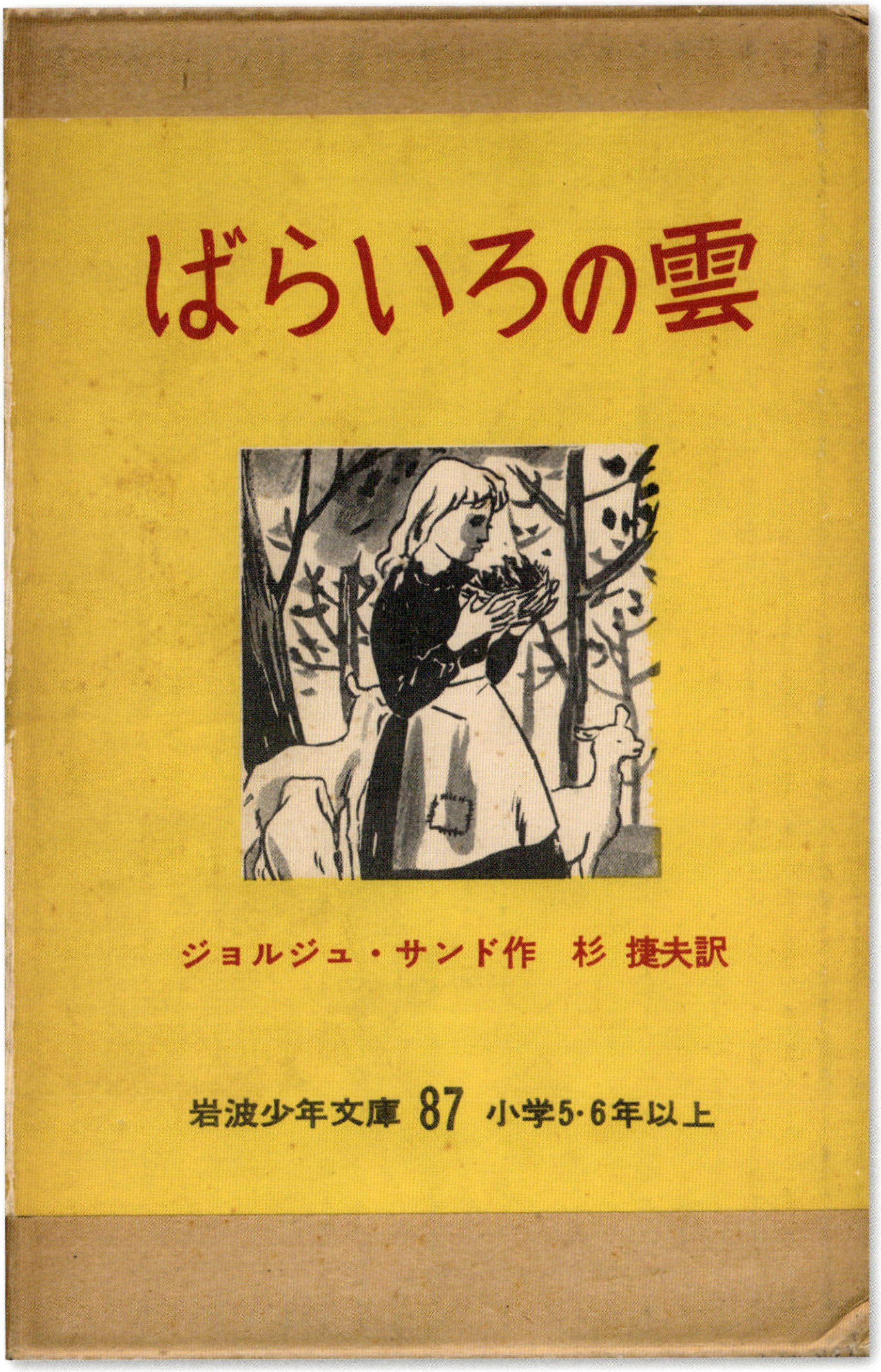

ばらいろの雲（ボール箱入本）
（ものをいうカシの木・ピクトルデュの館併載）
（昭和35年6月15日第9刷発行）

岩波少年文庫87
ジョルジュ・サンド作
杉　捷夫訳
さし絵　朝倉　摂
小B6判函入
岩波書店発行
¥180
内容は昭和29年12月の初版本と同じ

ばら色の雲

（昭和37年2月25日発行）

講談社の世界絵童話全集3
ジョルジュ・サンド
壺井栄　文
大日方明・藤井千秋　絵
B5判上製本
講談社発行
定価三二〇円

ばら色の雲本扉（一頁）
ばら色の雲本文（二―四〇頁）
見返しに、「ばら色の雲について」（壺井）あり
　後半は「シンデレラ姫」（四一―八〇頁）
奥付（あと見返し）

69％に縮小

ばら色の雲ほか
かえるの女王

（昭和48年9月16日発行）

こどもの世界文学12（全30巻の内）
ジョルジュ・サンド作
石沢小枝子訳
装本＝大橋正、扉＝安野光雅、さしえ＝西村保史郎・土山芙沙子、扉写真＝仁田三夫
大型上製本変形（箱入、本体カバー有）
講談社発行
定価（七五〇円）

共扉（安野光雅絵、一頁）
見開き写真（アゼルリド城、二―三頁）
中扉（見開き、四―五頁）
もくじ（六―九頁）
ばら色の雲本文（一〇―一一四頁）
かえるの女王本文（一一五―二〇八頁）
物語を読んだあとで（愛のやさしさに生きた女性＝石沢小枝子、「ばら色の雲」の読書会から＝北川幸比古、ほか、二〇九―二一八頁）
奥付（二一三九頁）
広告（全30巻の案内）

75％に縮小

母のおもかげ（原題・ピクトルデュの館）
（昭和三十六年十月発行・未確認（写真は昭和三十七年版））
世界少女名作全集38
サンド
山主敏子編著
カバー図案・菅野利彦、表紙、見返し・遠藤てるよ、カバー絵・口絵・さし絵・西村保史郎
A5判上製カバー付
偕成社発行
定価（三十七年九月第二刷二百三十円）
本扉（別紙二色刷、裏頁・刊行のことば）
口絵（コート紙、さし絵四色四枚四頁）
読者のみなさんへ（一頁、山主敏子）
目次（二—三頁）
この物語の主な人々（四—五頁）
カバー図案作家名他（六頁）
中扉（サンド原作・山主敏子、七頁）
本文（八—一九七頁）
「母のおもかげ」について（一九八—二〇〇頁、山主敏子）
奥付（二〇一頁）
広告（二〇二—二〇六頁）
84％に縮小

母のおもかげ

（一九七二年七月発行）昭和四七年

少女名作シリーズ3
サンド
山主敏子編著
カバー図案　山下一徳
カバー絵・口絵・さし絵　西村保史郎
A5判上製本カバー
偕成社発行
定価五八〇円（但し、一九八二年15刷）

本書は、昭和35年10月に出版された、同じ偕成社の「世界少女名作全集38」と同内容である。

85%に縮小

母のおもかげ（改装版）

（一九九〇年二月改装発行）平成二年

新編少女世界名作選13（全20巻の中）
サンド・原作
山主敏子・編著
カバーデザイン・高田美苗
カバー絵・口絵・さし絵・西村保史郎
A５判上製本
偕成社発行
定価７００円（税込）

本扉（別紙、二色刷、裏頁白）
口絵（別紙、カラー4枚、一―四頁）
読者のみなさんへ（山主敏子、共紙一頁）
目次（二―三頁）
この物語の主な人々（四―五頁）
カバーデザイン者、口絵者氏名（六頁）
中扉（七頁）
本文（八―一九三頁）
「母のおもかげ」について（一九四―一九六頁）
奥付（一九七頁）
広告（一九八―二〇〇頁）

85％に縮小

白象物語（おばあさんの物語）

（昭和十八年一月十日発行）

新日本兒童文庫25
ジョルジュ・サンド作
麻上俊夫譯編
装幀　恩地孝四郎
挿畫　柿原輝行
B6判上製本カバー付
アルス発行
定價一圓

本扉（別紙、裏頁白）
口絵（カラー挿畫、裏頁白）
はしがき（一―二頁）
目次（三頁、四頁白）
中扉（一頁、二頁白）
本文（三―二三六頁）
奥付（二三七頁）
広告（二三八―二四四頁）

＊本書は、『おばあさんの物語』の中から、「エンミとものいふ樫」「東洋の薔薇」「塵姫さん」「赤い槌」「白犬物語」「白象物語」の六編を選び訳したものである。

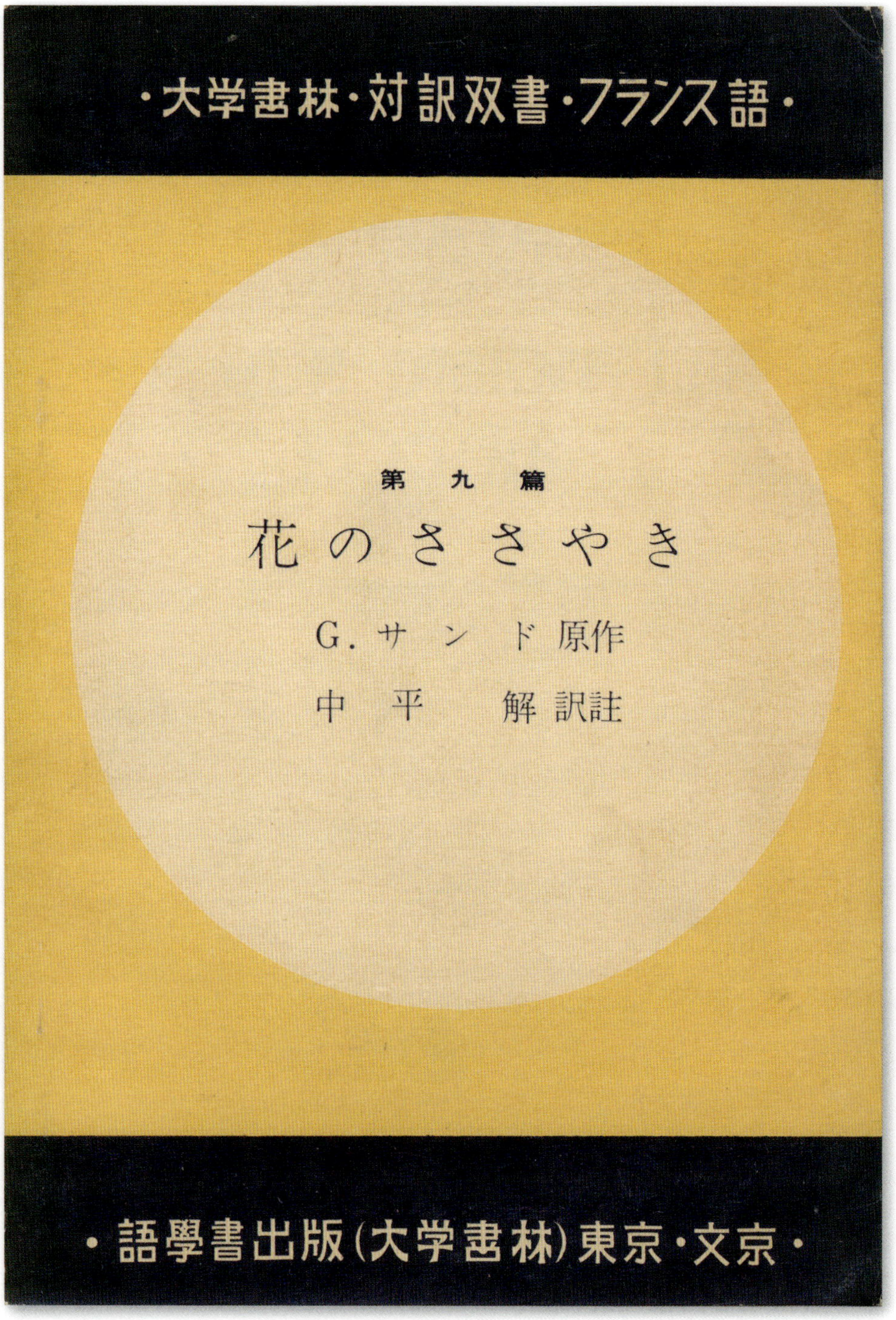

花のささやき

（昭和二四年六月三〇日発行）

大学書林・対訳双書・フランス語第九編
G・サンド原作
中平　解訳註
B6判並製カバー付
大学書林発行
￥六五

本扉（共紙一頁）
まえがき（三頁）
注意（四頁）
中扉（本文一頁）
本文（二―七二頁）
註補遺並びに訂正（七二―七三頁）
奥付（七五頁）
広告（七六頁、フランス語参考書）

バラとそよ風
花が話しあったこと

（昭和43年5月25日発行）

母と子の世界の文豪童話シリーズ第2巻
G・サンド原作
「バラとそよ風」は、
神沢利子文
谷川彰絵
「花が話し合ったこと」は、
塚原亮一訳
A4判上製本箱入
研秀出版発行
定価600円

＊本書には、文豪の翻訳が7篇掲載されている。全一〇五頁のうち、「バラとそよ風」は一八頁―四九頁、「花が話しあったこと」は八七頁―九六頁に掲載されている。「ジョルジュ・サンド」と「花が話しあったこと」についての短い紹介文あり。

＊このシリーズは全15巻で、全巻一括販売で売られ、書店には出されなかった。

68％に縮小

そよかぜとばら
（原題・花のささやき）

（奥付に発行日未記入）
（昭和53年4月発行）世界文化社で確認

おはなしらんど1
ジョルジュ・サンド原作
鶴見正夫文
深沢邦朗絵
A4判変型上製本、横組、オールカラー
世界文化社発行
定価三五〇円

表2（サンド略歴）
本扉（表紙より数え三頁）
本文（四―二五頁）
おはなししましょう（二六頁）
「そよかぜとばら」とジョルジュ・サンド
（表3、塚原亮一）

80％に縮小

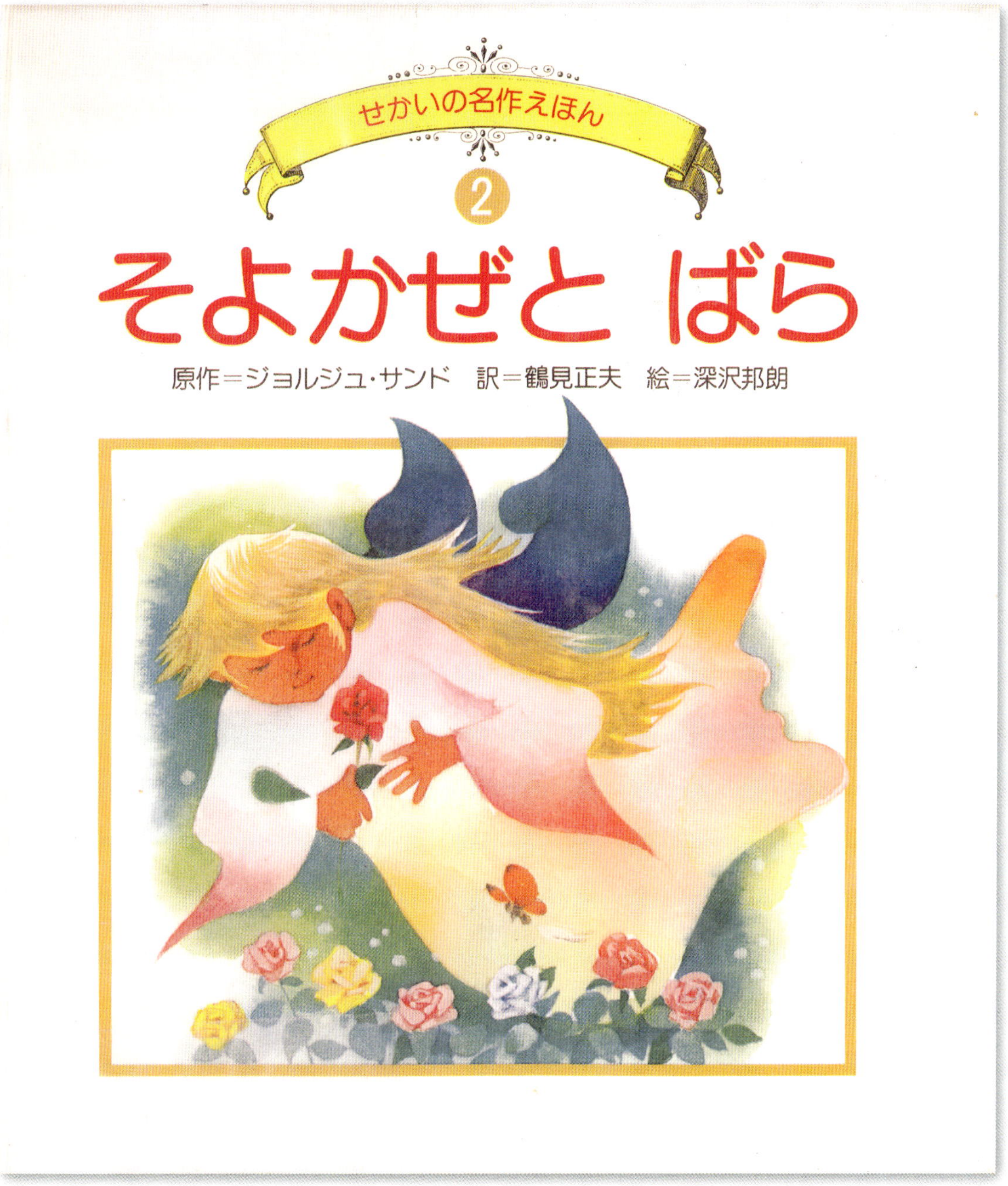

そよかぜとばら
（原題・花のささやき）

（奥付に発行日未記入）
（昭和57年4月発行）世界文化社で確認

せかいの名作えほん2
ジョルジュ・サンド原作
鶴見正夫文
深沢邦朗絵
A4判変型上製本、横組、オールカラー
世界文化社発行
定価四〇〇円

表2（サンド略歴）
本扉（表紙より数え三頁）
本文（四―二五頁）
おはなししましょう（二六頁）
「そよかぜとばら」とジョルジュ・サンド
（表3、塚原亮一）

80％に縮小

薔薇と嵐の王子
（原題・花のささやき）
（二〇〇四年七月一日発行）平成一六年
ジョルジュ・サンド著
田中眞理子訳
ニコル・クラヴルー画
Ｂ４版変型上製・カバー
柏艪舎発行、星雲社発売
定価二〇九五円＋税
本文（一―三一頁）
奥付（三二頁）
60％に縮小

花たちのおしゃべり

―『おばあさまの物語』より―

（二〇〇八年二月二〇日発行）平成二〇年

ジョルジュ・サンド作
樋口仁枝訳
蒔 悦子絵
カバーデザイン 樋口浩平
B6版並製本・カバー・帯付
悠書館発行
本体価格一四〇〇円

本扉（別紙、裏頁・デザイン者名）
中扉 一頁
目次 二頁
本文（花たちのおしゃべり三―二五頁、エミとナラの木二七―七七頁、ギョロ目の妖精七九―一〇八頁、犬―ルシアンさんのおはなし一〇九―一三六頁、風―ほこりの妖精一三七―一四七頁）
あとがき（一四八―一五三頁）
原作者及び作者紹介（一五四頁）
奥付（一五五頁）

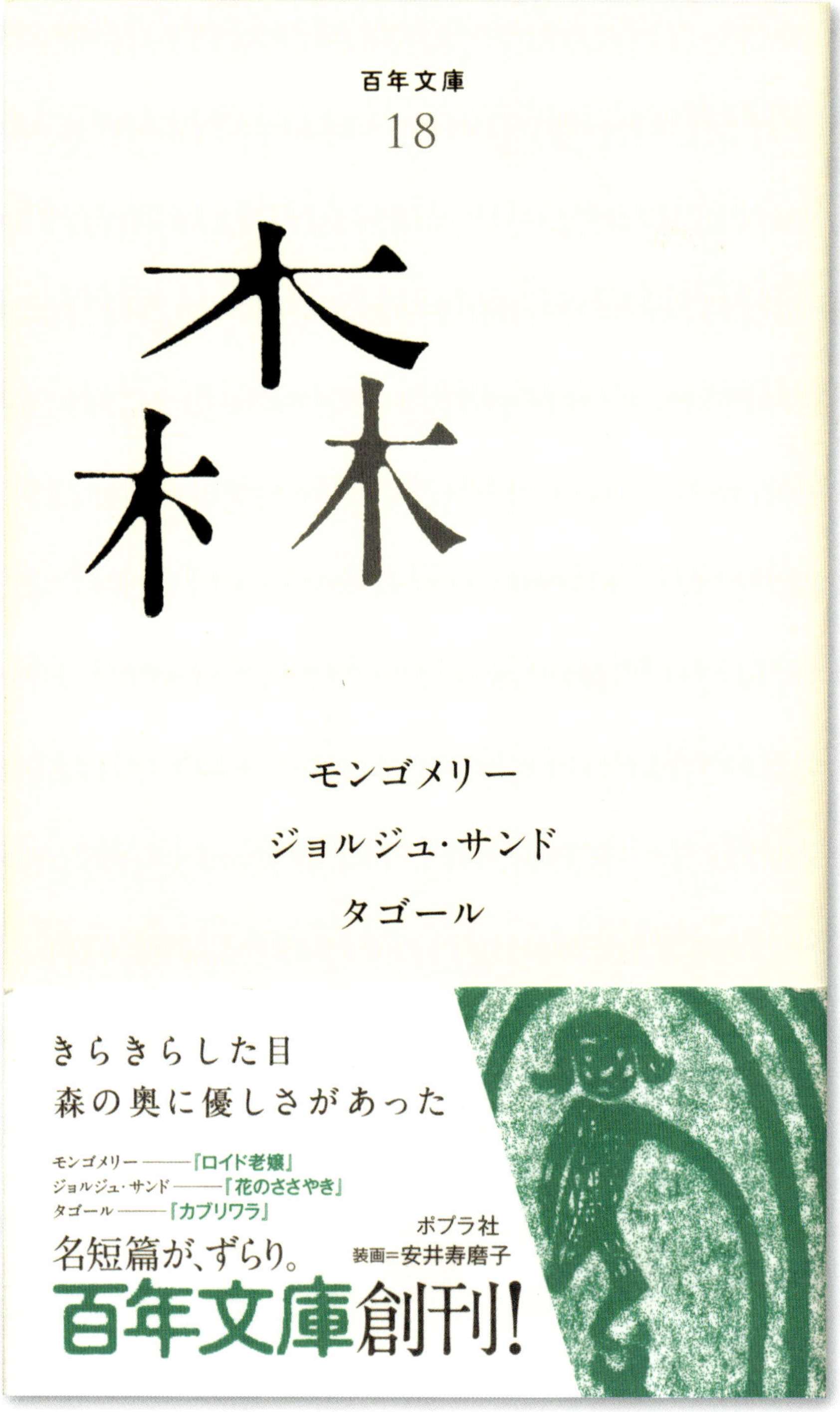

花のささやき

（二〇一〇年一〇月一二日発行）平成22年

百年文庫18　森
ジョルジュ・サンド
小倉順子　訳
装画／安井寿磨子　装幀・題字／緒方修一
新書版・カバー・帯・スピン付
ポプラ社発行
定価：本体七五〇円
共扉（カット一頁、扉二頁）
目次（三頁）
本文（モンゴメリー「ロイド老嬢」五―一一三頁、ジョルジュ・サンド「花のささやき」一一五―一三八頁、タゴール「カブリワラ」一三九―一六四頁、収録）
人と作品（一六六―一七二頁、編集部作成）
奥付（一七五頁）

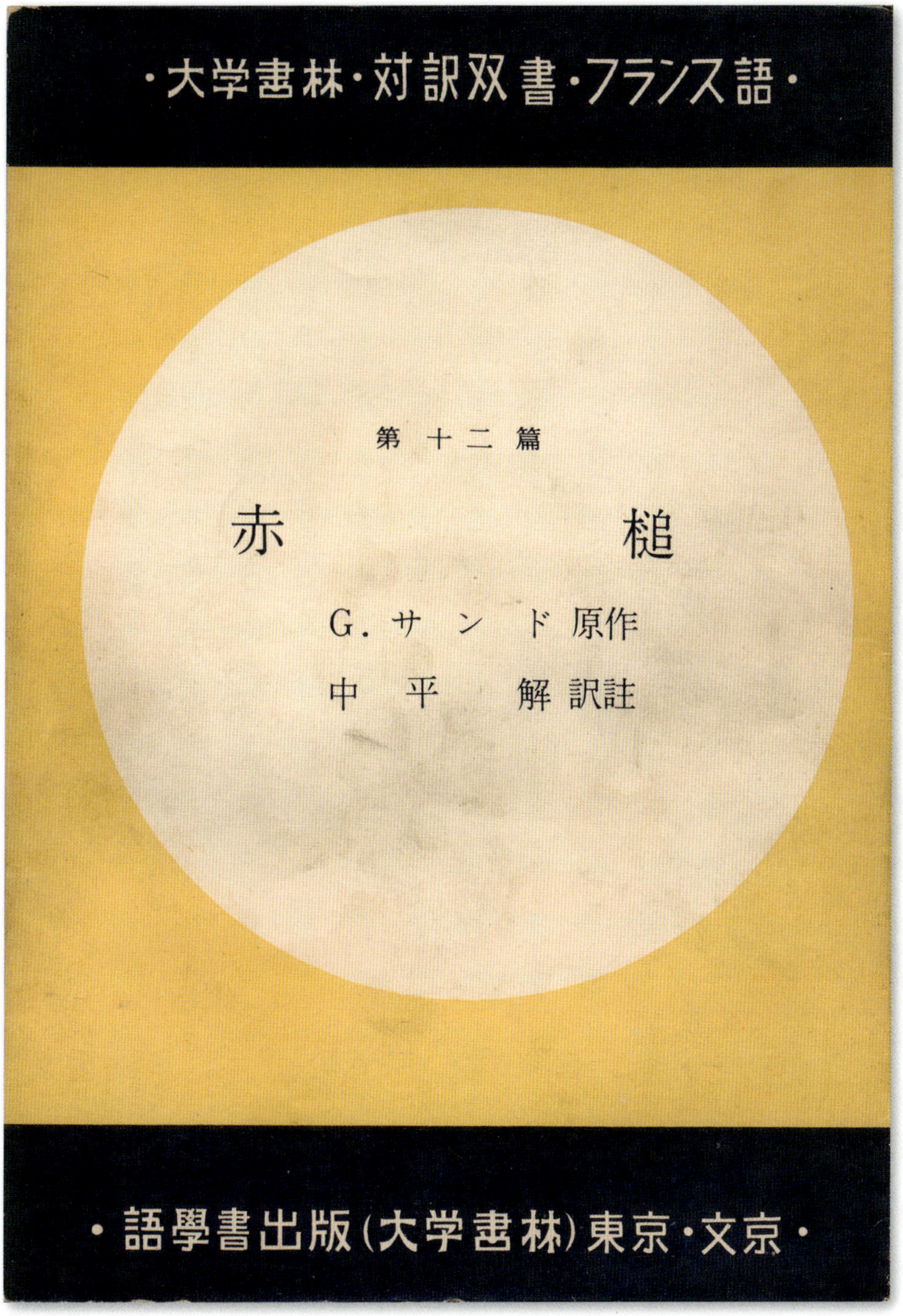

赤槌

（昭和三三年一〇月三〇日発行）

大学書林・対訳双書・フランス語第十二編
G・サンド原作
中平　解訳註
B6判並製カバー付、横組
大学書林発行
¥一一〇

本扉（共紙）
まえがき（一頁、中平解）
本書使用上の注意（三頁）
中扉（五頁）
本文（六―七七頁）
註補遺（七八―七九頁）
目次（八〇頁）
奥付（八一頁）
広告（八二頁、語学参考書フランス語篇）

ものをいうカシの木

（昭和二十三年七月十日発行）

ジョルジュ・サンド作
杉　捷夫譯
装幀・挿絵　山下新太郎
B6判フランス装
ニューフレンド発行
定價五〇圓

本扉（別紙二色刷）
口絵（一枚、裏白）
中扉（一頁）
本文（二―八一頁）
あとがき（八二―八四頁）
奥付（八五頁、八六頁白）

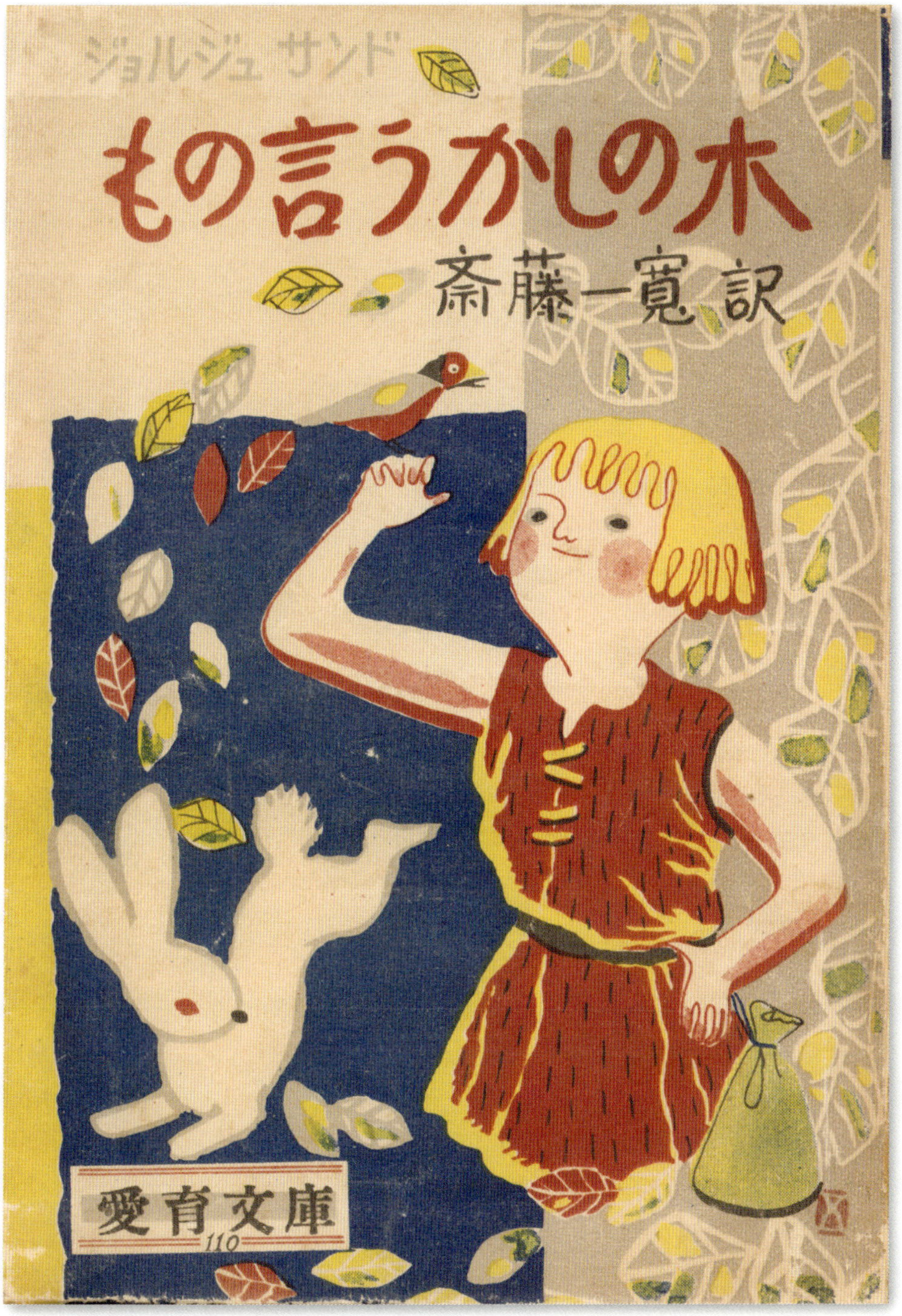

もの言うかしの木

（大目玉の妖精併録）

（昭和二十四年五月十日発行）

愛育文庫110
ジョルジュ・サンド
斎藤一寛訳
装幀　新井五郎
挿絵　瀧井太郎
四六判フランス装
愛育社発行
定價九拾圓

本扉（別紙、裏頁白）
はしがき（共紙三—五頁、訳者、六頁訳者略歴）
目次（七頁、八頁白）
もの言うかしの木中扉（九ページ、一〇頁白）
もの言うかしの木本文（一一—九七頁、九八頁白）
大目玉の妖精中扉（九九頁、一〇〇頁白）
大目玉の妖精本文（一〇一—一三八頁）
奥付（後ろ見返し、貼奥付）

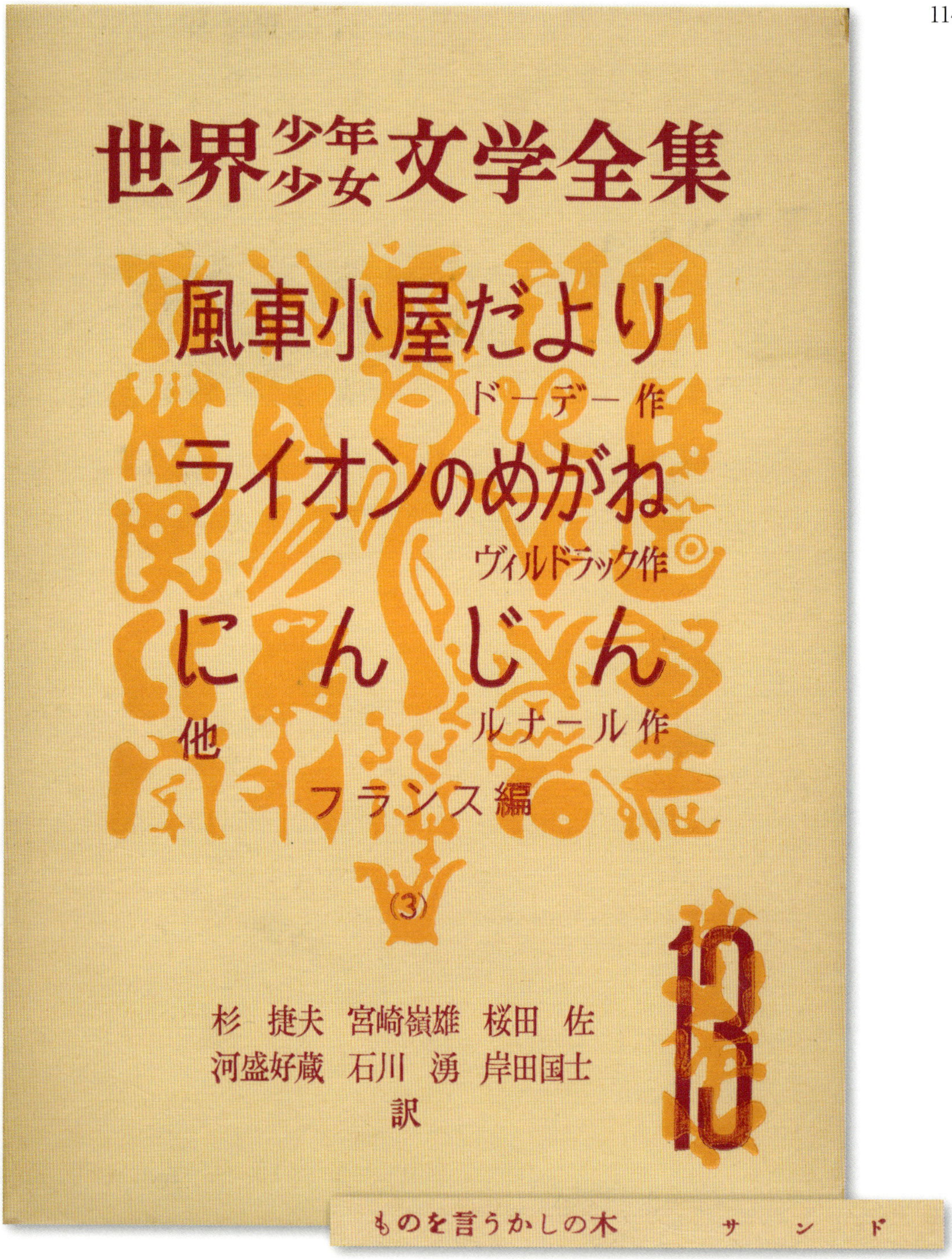

ものを言うかしの木

（昭和二八年一〇月二一日発行）

世界少年少女文学全集13巻フランス編3
ジョルジュ・サンド
杉　捷夫訳
そうてい　初山　滋
さし絵　森田元子
A5判上製箱入・スピン、月報付
創元社発行
定価三八〇円

本扉・口絵
中扉（一頁）
目次（二―八頁、収録作品は、他にメリメ・ドーデー・モーパッサン・ヴィルドラック・ルナール）
別扉（九頁、ものを言うかしの木）
本文（一一―五一頁）
解説（四〇一―四一六頁の内、サンド、杉捷夫）
奥付（四一七頁）

80％に縮小

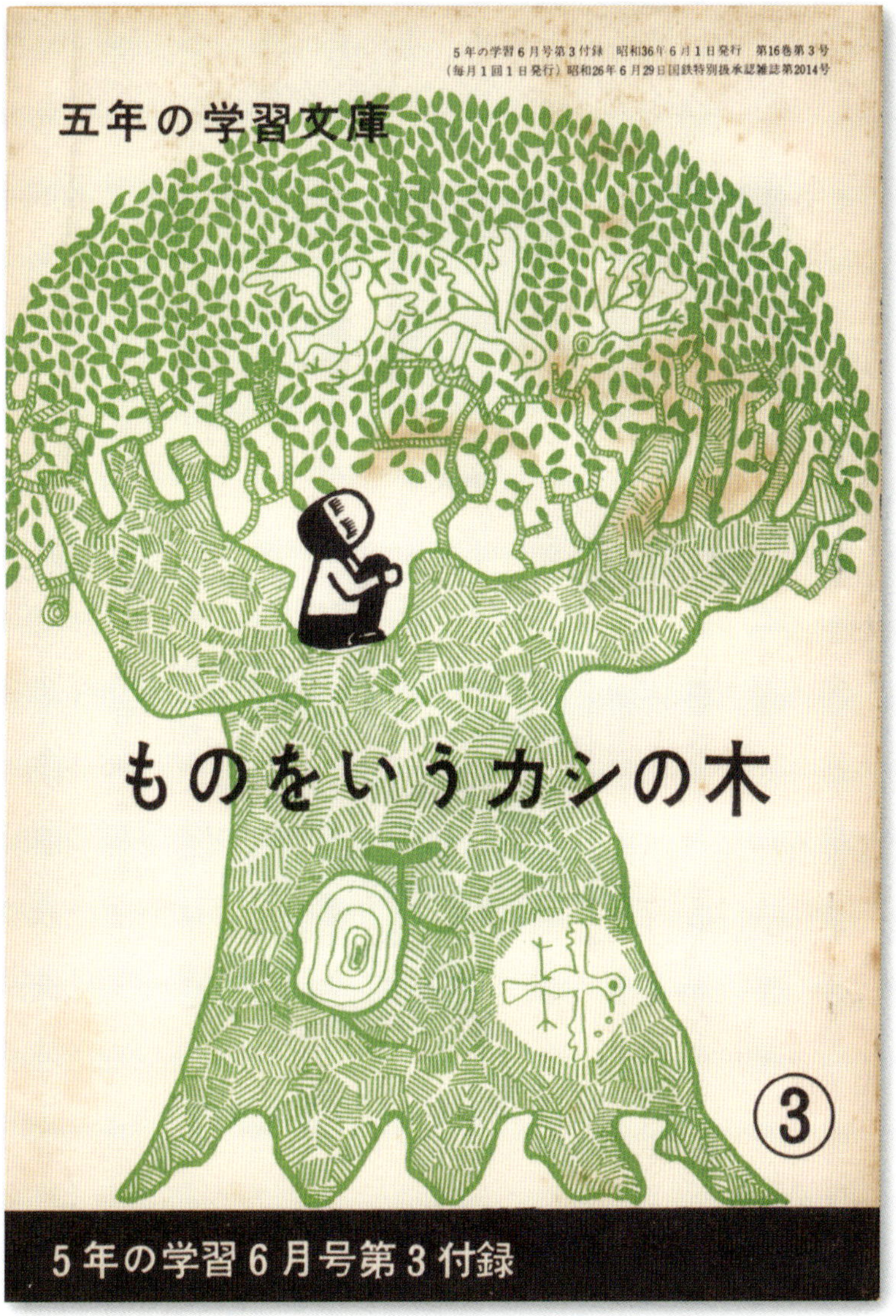

ものをいうカシの木

（昭和36年6月1日発行）

学研5年の学習文庫（6月号第3付録）
ジョルジュ・サンド　原作
槇本ナナ子　文
輪島みなみ　え
小文庫判
学習研究社発行

表紙二頁（このお話にでてくるおもな人々）
本扉（共紙一頁）
本文（二―六六頁）
表紙三頁（このお話と作者について、下段は奥付）

エンミとカシの木

（1971年6月1日発行）昭和46年

5年生文庫シリーズ③
（5年の学習6月号付録）
ジョルジュ・サンド原作
生源寺美子文
野見草太絵
小文庫判
学習研究社発行
定価二二〇円　特別購読価二〇〇円（本誌共）

この本を読むみなさんに（表紙二頁）
本扉（共紙、表紙より数え三頁）
おもな登場人物（四頁）
本文（四―八二頁）
奥付（表紙三頁）

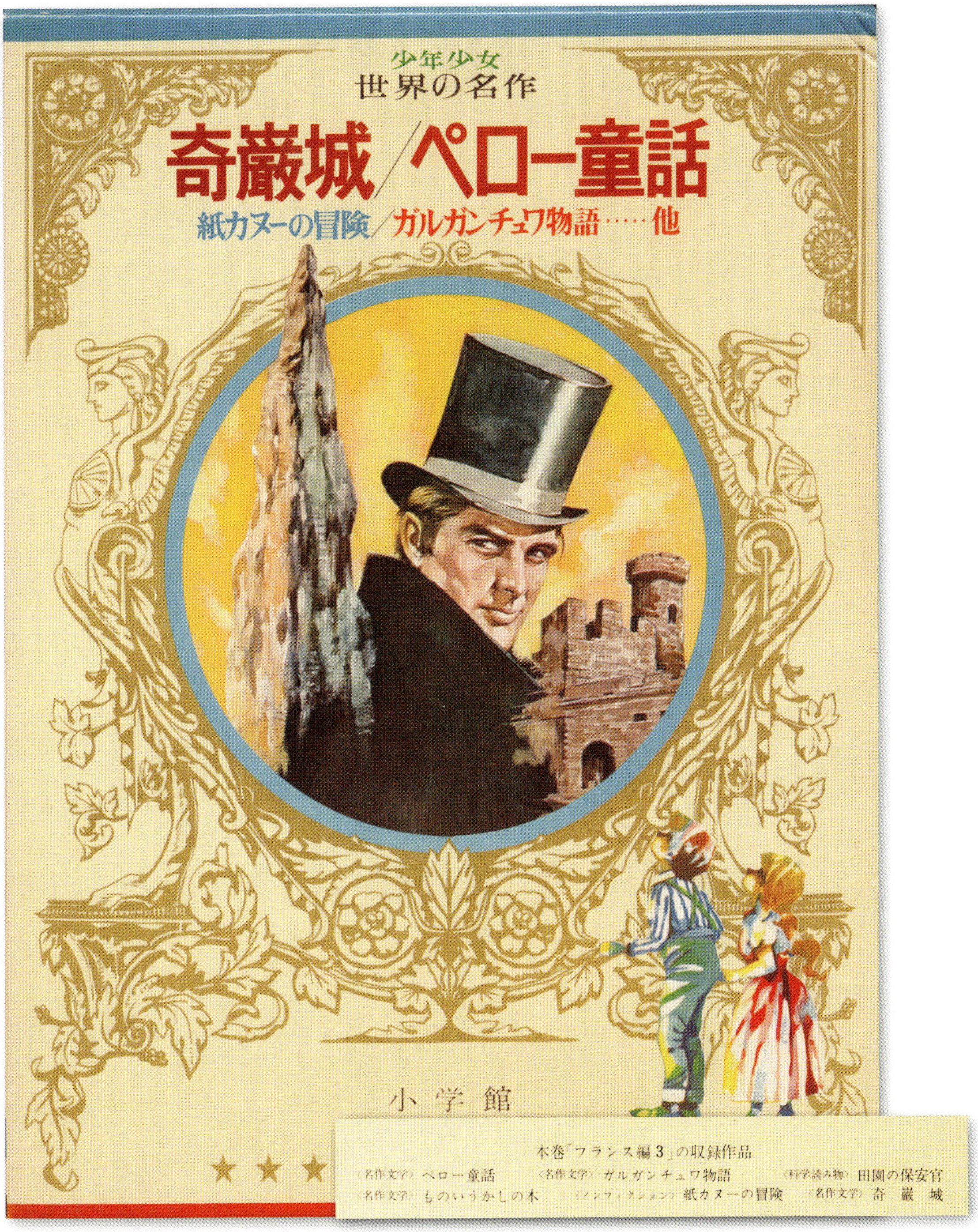

ものいうかしの木

（昭和47年7月25日発行）

少年少女世界の名作22フランス編3
サンド作
田島準子文
上田武二絵
B5判上製本カバー付箱入
小学館発行
定価630円（特価580円）

本書には「ペロー童話」「ガルガンチュワ物語」「田園の保安官」「ものいうかしの木」「紙カヌーの冒険」「奇巌城」を収録。全三六二頁。

ものいうかしの木中扉（一六三頁）
ものいうかしの木本文（一六四―一八六頁、二段組）
読書ノート（岡本博幸一八七―一八八頁）

70%に縮小

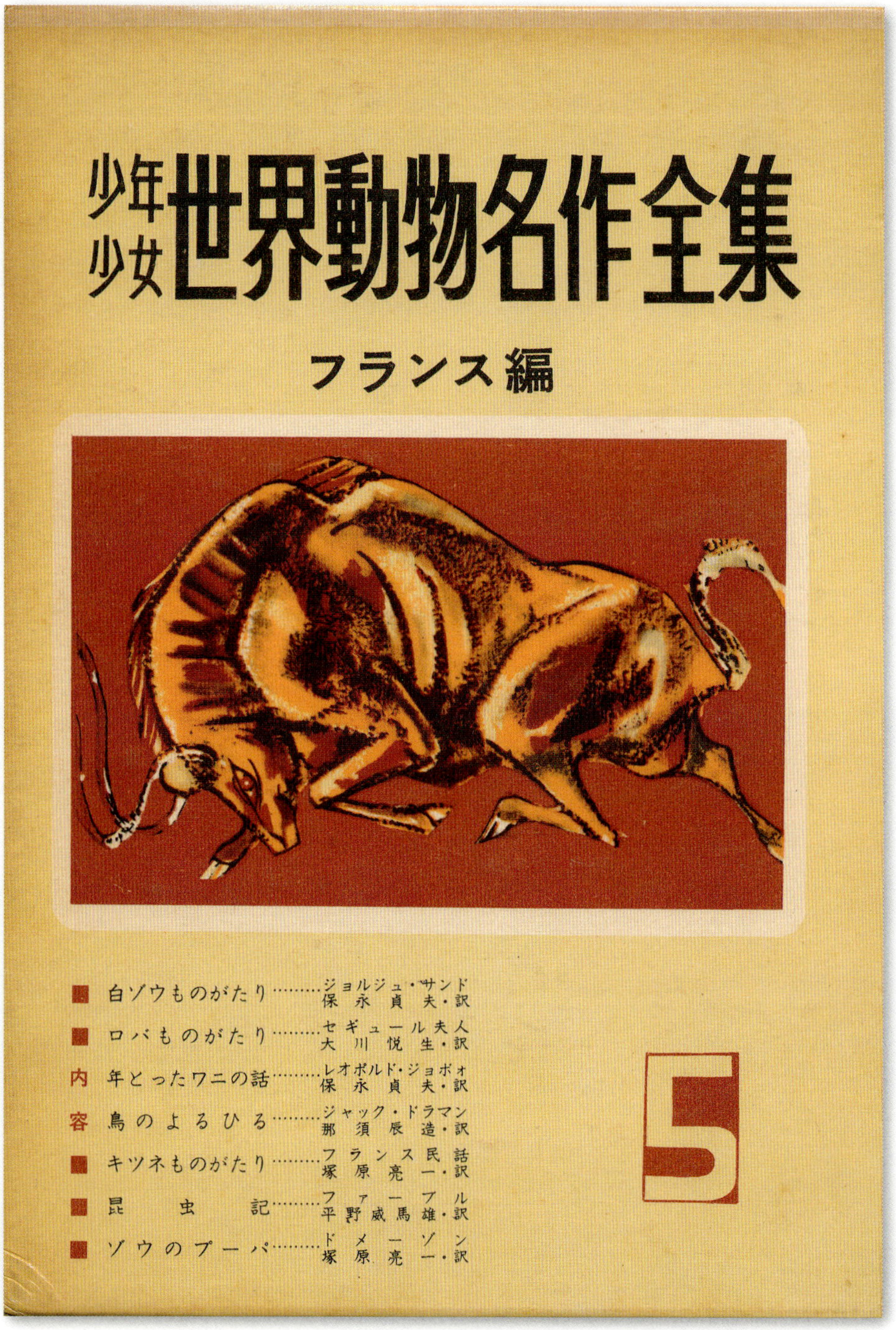

白ゾウものがたり

（昭和三五年三月発行）

少年少女世界動物名作全集５／フランス編
ジョルジュ・サンド
保永貞夫訳
装幀・池田仙三郎
さしえ・大石哲路、滝原章助、諏訪部晃
A５判上製箱入本、本文二五二頁
東西五月社発行
定価三八〇円

本書の収録作品（サンドの白ゾウものがたり・他はロバものがたり・年とったワニの話・鳥のよるひる・キツネものがたり・昆虫記・ゾウのプーパ）、編者は那須辰造「白ゾウものがたり」は、本書の七―三九頁に収録されている。

78％に縮小

ジョルジュ・サンドからの手紙

（1996年3月30日発行）平成八年

ジョルジュ・サンド
持田明子編＝構成
装幀・毛利一枝
A5判上製本帯付
藤原書店発行
定価　本体二九〇〇円＋税

本扉（別紙、二色刷、裏頁白）
目次（本文共紙、一―三頁、四頁・装幀者名）
中扉（五頁）
凡例（六頁）
本文（七―二二九頁、二三〇頁白）
解題（新しいジョルジュ・サンド、二三一―二五一頁、持田明子）
年表（書簡から見たサンドの生涯、二五二―二五六頁）
地名・人名索引（二五七―二六三頁）
奥付（二六四頁）

84％に縮小

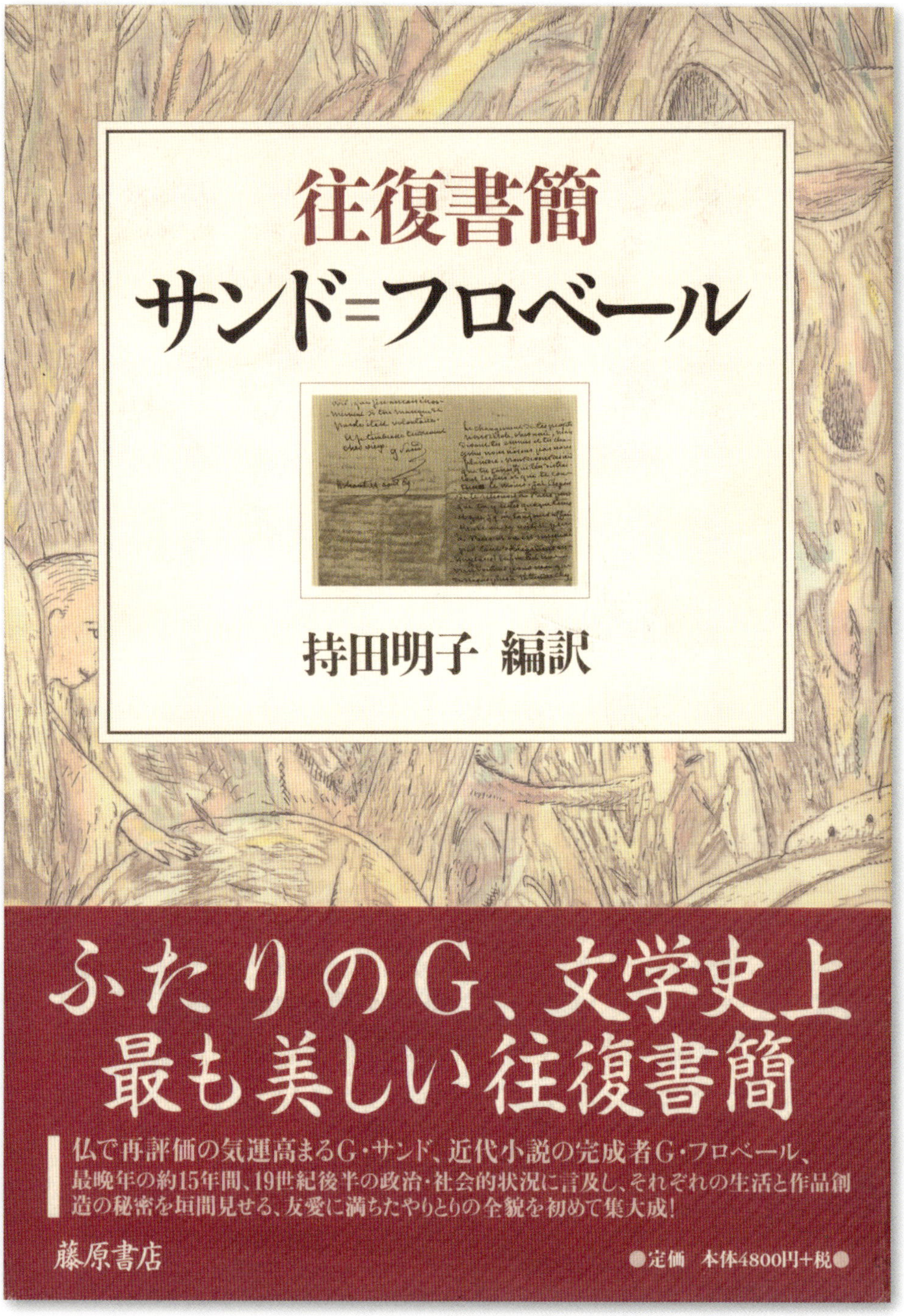

往復書簡サンド＝フロベール

（一九九八年三月三〇日発行）平成一〇年

ジョルジュ・サンド
ギュスターヴ・フロベール
持田明子編訳
装幀　永畑風人
A5判上製本、カバー・帯
藤原書店発行
定価四八〇〇円

本扉（別紙、裏頁白）
目次（本文共紙一—三頁、四頁装幀者名）
中扉（五頁）
凡例（六頁）
本文（七—三八三頁）
サンド＝フロベール関連年譜（三八四—三八六頁）
編訳者あとがき（三八七—三九三頁）
人名索引（三九四—三九八頁）
奥付（三九九頁）
広告（四〇〇頁）

84％に縮小

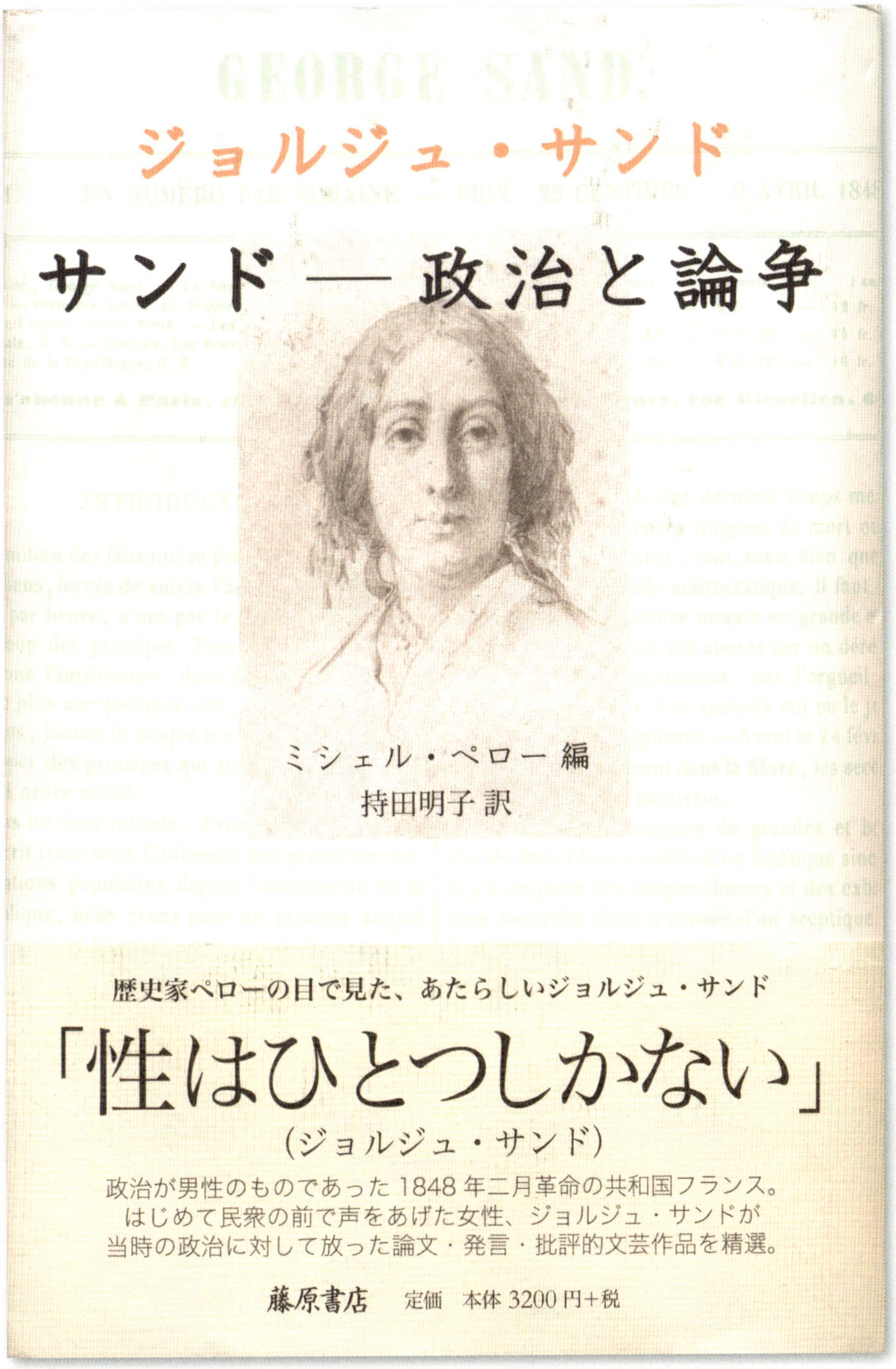

サンド―政治と論争

（二〇〇〇年九月三〇日発行）平成一二年

ジョルジュ・サンド
ミシェル・ペロー編
持田明子訳
四六判上製本カバー・帯付、付録（「機」一〇七号）付
藤原書店発行
定価　本体三二〇〇円＋税

本扉（別紙、裏白）
日本の読者へ（ミシェル・ペロー、一―三頁、四頁白）
中扉／目次（六―八頁）
本文中扉（九頁、一〇頁凡例）
第一部（サンド、ミシェル・ペロー、一一―六四頁）
第二部（政治と論争、六五―三〇五頁、三〇六頁白）
原注（三〇七―三一二頁）
関連年表（三一三―三一六頁）
訳者あとがき（三一七―三三四頁）
奥付（三三五頁）
広告（三三六頁）

94％に縮小

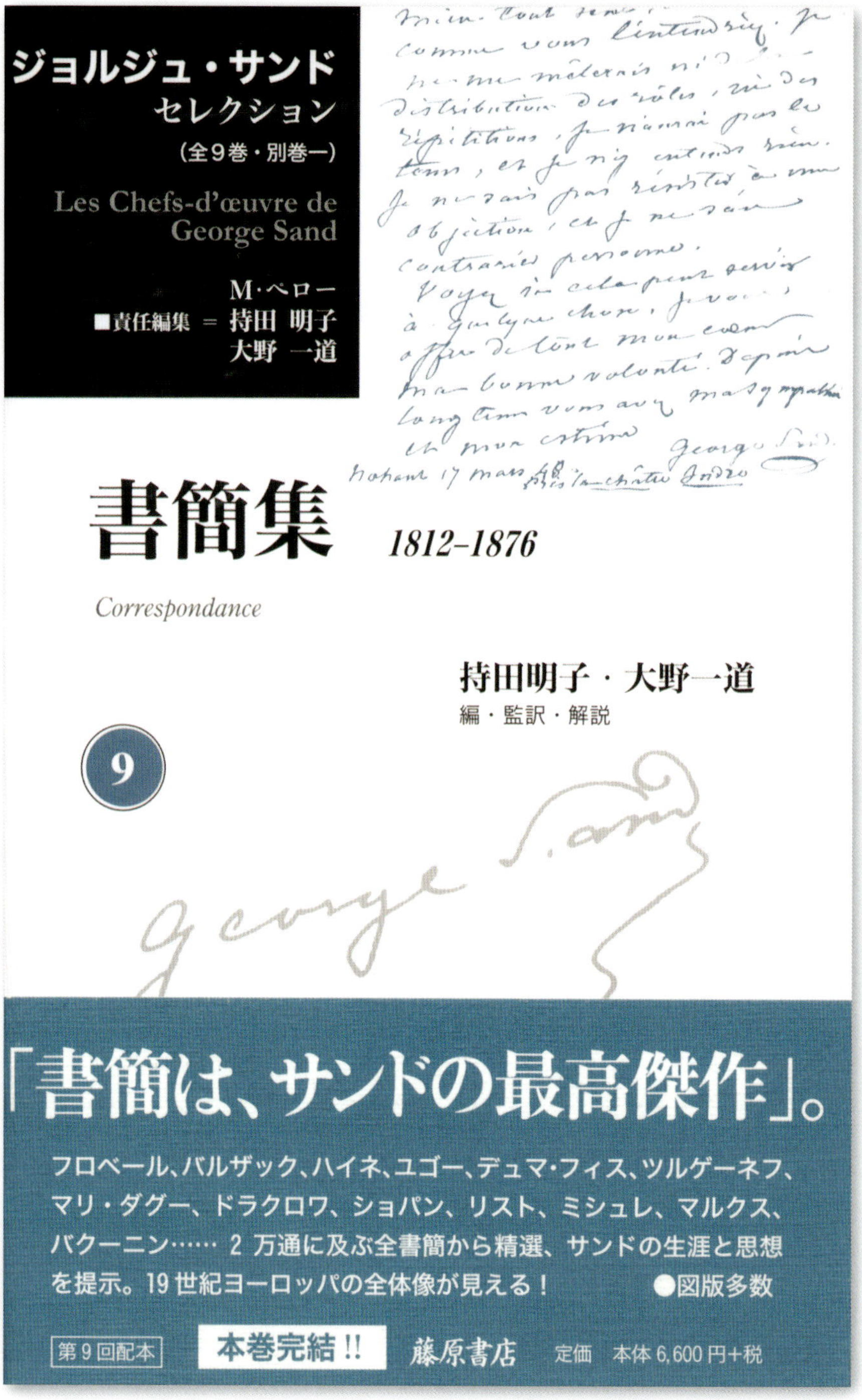

書簡集 1812~1876

（二〇一三年七月三〇日発行）平成25年

ジョルジュ・サンドセレクション9
持田明子・大野一道編・監訳・解説
四六判変型フランス装・カバー・帯付
藤原書店発行
定価（本体六六〇〇円＋税）

本扉（別紙、裏頁＝仏文表題）
序―サンド書簡の意味（持田明子、一―一〇頁）
もくじ（一一―二〇頁）
中扉（二一頁、二二頁凡例）
本文（二三―四九三頁、Ⅰノアン時代、Ⅱ結婚生活の幸せと幻滅、Ⅲパリ、Ⅳヴェネツィアの恋、Ⅴ芸術家たちの輪、Ⅵショパンとともに、Ⅶ政治の季節、Ⅷ安らぎの地ノアン、Ⅸ友情の季節）
編者あとがき（四九四―四九六頁）
サンド年譜・資料・索引（四九七―五二四頁）
奥付（五二五頁）
広告（五二六―五三六頁）

94％に縮小

第二部

サンド翻訳作品目録

星田宏司編

本目録は、ジョルジュ・サンドの著作で、日本語に翻訳されて、平成27年10月現在、現物を確認できたものを掲載したものである。配列は、原著の発表年代順に、また各作品の翻訳も、それぞれ発表年代順とした。

本目録では、サンドの名前や題名が箱やカバーに記された単行書には、＊印を付して、単行本や雑誌内に一部掲載された翻訳や抄訳と区別した。

なお掲載の様式については、「翻訳と歴史」第56号〈ミュッセとサンド特集〉（ナダ出版センター・二〇一一年七月刊）の様式を参考にし、その間違いは訂正した上、刊行年月日も記入した。日付のないものは・刊とした。

また、雑誌掲載の翻訳については、編者所有のものを主としたが、一部については、公立の図書館・坂本千代氏作製の「サンド関係文献データベース」とで調べたものである。

■アンヂアナ　Indiana（1832）

昭和12年7月30日　＊アンヂアナ（上巻）（岩波文庫）　杉捷夫訳　岩波書店

昭和12年10月15日　＊アンヂアナ（下巻）（岩波文庫）　杉捷夫訳　岩波書店

昭和23年3月30日　＊アンディアナ（コバルト叢書）　松尾邦之助訳　コバルト社

昭和24年4月25日　＊アンジアナ（上巻）（ジョルジュ・サンド著作集Ⅱ）　杉捷夫訳　全国書房

昭和24年6月20日　＊アンジアナ（下巻）（ジョルジュ・サンド著作集Ⅲ）　杉捷夫訳　全国書房

■侯爵夫人　La Marguise（1832）

平成11年11月・刊　侯爵夫人　桑原隆行訳　福岡大学総合研究所報228巻

■ラヴィニア　Lavinia（1833）

平成12年3月・刊　ラヴィニア　桑原隆行訳　福岡大学総合研究所報233巻

■メテラ　Métella（1833）

平成12年5月・刊　メテラ（前半）　桑原隆行訳　福岡大学総合研究所報236巻

平成12年9月・刊　メテラ（後半）　桑原隆行訳　福岡大学総合研究所報239巻

■マテア　Mattea（1835）

平成12年5月・刊　マテア（前半）　桑原隆行訳　福岡大学総合研究所報236巻

平成12年9月・刊　マテア（後半）　桑原隆行訳　福岡大学総合研究所報239巻

■モープラ　Mauprat（1837）

大正12年11月5日　＊モープラア（『世界文芸全集十七編』）　福永渙訳　新潮社

昭和6年2月12日　＊モープラ（『世界大衆文学全集59』）　大村雄治訳　改造社

昭和25年3月10日　＊道は愛と共に　大村雄治訳　改造社

平成17年7月30日　＊モープラ（男を変えた至上の愛）（ジョルジュ・サンドセレクション1）　小倉和子訳　藤原書店

■スピリディオン　Spiridion（1839）

平成2年8月・刊　スピリディオン（『ふらんす幻想短篇精華集（冴わたる30の華々）上』の中）　内田善孝訳　透工社

平成16年10月30日　＊スピリディオン（物欲の世界から精神性の世界へ）（ジョルジュ・サンドセレクション2）　大野一道訳　藤原書店

■ポーリーヌ　Pauline（1839）

平成12年12月・刊　ポーリーヌ（上）　桑原隆行訳　福岡大学総合研究所報242巻

平成13年5月・刊　ポーリーヌ（中）　桑原隆行訳　福岡大学研究部論集1／2

平成13年7月・刊　ポーリーヌ（下）　桑原隆行訳　福岡大学研究部論集1／3

■歌姫コンシュエロ　Consuelo（1843）

明治36年9月23日　旅役者（『みさを物語』の中）　博文館・東京堂刊　田中西熊訳注　英学新報社蔵版

平成20年5月30日　＊歌姫コンシュエロ㊤（ジョルジュ・サンドセレクション3）　持田明子・大野一道・原好男訳　藤原書店

平成20年6月30日　＊歌姫コンシュエロ㊦（ジョルジュ・サンドセレクション4）　持田明子・大野一道・原好男・山辺雅彦訳　藤原書店

■マヨルカの冬　Un hiver à Majorque（1841）

平成9年2月20日　＊マヨルカの冬　小坂裕子訳　ローラン画　藤原書店

■ジャンヌ　Jeanne（1844）

平成18年6月30日　＊ジャンヌ（無垢の魂をもつ野の少女）（ジョルジュ・サンドセレクション5）　持田明子訳　藤原書店

■魔の沼　La Mare au Diable（1846）

大正元年10月18日　＊魔ケ沼　渡辺千冬訳　警醒社書店

大正8年12月30日　＊少女マリイ（原名・魔の沼）（世界名著文庫第六編）　生田春月・中村千代子訳　越山堂

昭和2年11月5日　魔の沼（『名作選集　世界田園文学』の中）　和田伝訳　文教書院

昭和7年9月1日　＊悪魔が淵（世界名作文庫125）　田沼利男訳　春陽堂

昭和23年3月30日　＊魔の沼　杉捷夫訳　酣燈社

昭和23年7月1日　＊魔の沼（名作小説3号の中）　近藤等訳　岡倉書房

昭和23年9月15日　＊ジェルマンの恋（養徳叢書・外国篇）〔附録　田舎の婚礼、結納贈り、祝言、キャベツ祭〕　畠中敏郎訳　養徳社

昭和23年10月10日　魔が沼（『世界名作大観　フランス篇』の中）　山内義雄・数江譲治筆　労働文化社

昭和23年10月25日　＊魔の沼（フランス文学選集5）〔附録　田舎の婚礼、結納、結婚、キャベツ〕　浅見篤訳　晃文社

昭和24年5月30日　＊魔の沼（ジョルジュ・サンド選集2）　川崎竹一訳　大学書林

昭和27年2月5日　＊魔の沼（文庫）　杉捷夫訳　岩波書店

昭和27年10月30日　＊魔が沼（角川文庫）〔附録　田舎の結婚祝ひ、結納をさめ、婚礼、キャベツ〕　宇佐見英治訳　角川書店

昭和31年4月10日　魔の沼（現代世界文学講座5の中）　杉捷夫　講談社

昭和33年8月15日　＊魔の沼（『世界文学全集〔第3期〕8』）　宮崎嶺雄訳　河出書房新社

昭和36年11月30日　＊魔の沼（世界文学全集19　特製豪華版）　宮崎嶺雄訳　河出書房新社

昭和39年5月30日　＊魔の沼（『愛の妖精・魔の沼』）（少女世界文学全集33）　谷村まち子訳　小野

田俊絵　偕成社
平成17年1月30日　＊魔の沼（『魔の沼、ほか』）（ジョルジュ・サンドセレクション6）〔附録　田舎の結婚式、衣装渡し、婚礼、キャベツ〕　持田明子訳　藤原書店
平成19年2月15日　＊悪魔が淵（昭和初期世界名作翻訳全集）田沼利男訳　ゆまに書房
平成22年10月1日〜23年3月1日　魔の沼（雑誌ふらんす・対訳で楽しむ『魔の沼』6回連載）　渡辺響子対訳　白水社

■マルシュ地方とベリー地方の片隅　Un coin de la Marche et du Berry（1847）評論

平成17年1月30日　＊マルシュ地方とベリー地方の片隅（『魔の沼ほか』）（ジョルジュ・サンドセレクション6）持田明子訳　藤原書店
平成25年9月30日　マルシュ地方とベリー地方の片隅（『ユニコーン』〔原田マハ〕の中）加藤かおり訳　NHK出版

■棄子のフランソワ　François le champi（1847）

昭和24年5月30日　＊捨児フランスワ（ジョルジュ・サンド選集3）斉藤一寛訳　大学書林
昭和27年10月15日　＊棄子のフランソワ（角川文庫）長塚隆二訳　角川書店
昭和31年4月10日　棄子のフランソワ（現代世界文学講座5の中）松田穰　講談社

■愛の妖精　La petite fadette（1848）

大正13年7月23日　＊鬼火の踊り　田沼利男訳　改造社
昭和11年9月5日　＊愛の妖精（プチット・ファデット）（岩波文庫）宮崎嶺雄訳　岩波書店
昭和23年1月1日　少女ファデット物語（「少女クラブ」1月号の中）杉捷夫訳　堀文子画　大日本雄弁会講談社
昭和23年3月30日　＊小妖女（ラ・プチット・ファデット）小林正訳　新少国民社
昭和23年10月25日　＊愛の妖精（ジョルジュ・サンド著作集1）宮崎嶺雄訳　全国書房
昭和24年4月20日　＊愛の紅ばら　小林正訳　雲省社
昭和25年11月30日　＊愛の妖精（世界文学全集〔第1期・19世紀篇〕32の中）宮崎嶺雄訳　河出書房
昭和25年12月1日　愛の妖精（「美しい暮しの手帖　第十号」の中）宮崎嶺雄訳　暮しの手帖社
昭和26年5月30日　＊愛の妖精（世界名作文庫8）横山美智子著　沢田重隆絵　偕成社
昭和27年1月・日　＊愛の妖精（世界絵文庫21）宮崎嶺雄文　須田寿絵　あかね書房
昭和27年1月31日　＊愛の妖精（中学生全集70）宮崎嶺雄著　桜井悦絵　筑摩書房
昭和28年3月25日　愛の妖精（「それいゆ」ジュニア号臨時増刊号の中）三木澄子文　中原淳一画　ひまわり社
昭和28年6月30日　＊愛の妖精（若草文庫10）小林正訳　三笠書房
昭和28年8月25日　＊愛の妖精（世界名作全集58）桜井成夫著　高畠華宵絵　講談社
昭和28年12月20日　＊愛の妖精（文庫）小林正訳　角川書店
昭和31年4月10日　愛の妖精（現代世界文学講座5の中）杉捷夫　講談社
昭和31年12月10日　愛の妖精（『名作への招待』第四集の中）浅原六郎文　森脇文庫
昭和32年7月15日　＊愛の妖精（『世界の文学2』の中）庄野誠一訳　光文社
昭和33年6月1日　ふたご（愛の妖精）（『少年世界文学3年生』の中）那須辰造訳　実業之日本社
昭和33年8月15日　＊愛の妖精（『世界文学全集〔第3期〕8』の中）宮崎嶺雄訳　河出書房新社
昭和34年4月15日　愛の妖精（『名作を生かそう上級向』の中）飯田弘子訳　さ・え・ら書房
昭和34年5月20日　＊愛の妖精（『少年少女世界文学全集27フランス編3』の中）新庄嘉章訳　講談社
昭和34年10月1日　愛の妖精（「中学生の友」10月号の中）藤井千秋絵　訳者名無し　小学館
昭和35年5月1日　愛の妖精（「中学時代」5月号の中）東数雄文　中山正美絵　旺文社
昭和35年6月1日　愛の妖精（「中学生の友2年」6月号の中）及川甚喜文　若菜珪絵　小学館
昭和35年12月1日　愛の妖精（「主婦と生活」12月号の中）川崎竹一文　栗林正幸画　主婦と生活社
昭和36年11月30日　＊愛の妖精（『世界文学全集19特製豪華版』の中）宮崎嶺雄訳　河出書房新社
昭和37年11月30日　＊愛の妖精（『世界青春文学名作選4』の中）田中倫郎訳　学習研究社　新書
昭和38年10月・刊　＊愛の妖精（世界少女名作全集5）足沢良子訳　田中潮絵　岩崎書店
昭和39年5月30日　＊愛の妖精（『愛の妖精・魔の沼』）（少女世界文学全集33）谷村まち子訳　小野田俊絵　偕成社
昭和39年7月18日　＊愛の妖精（『少年少女新世界文学全集20・フランス古典編3』の中）西条八十・三井嫩子訳　松田穰絵　講談社
昭和40年10月25日　愛の妖精（『世界名作選集1』の中）浅原六郎　冬樹社
昭和41年12月1日　＊愛の妖精（文庫）篠沢秀夫訳　旺文社
昭和41年12月25日　＊愛の妖精（ジュニア版世界文学名作選11）宮崎嶺雄訳　山中冬児絵　偕成社
昭和42年2月10日　＊愛の妖精（世界名作全集37）桜井成夫訳　池田仙三郎絵　講談社
昭和43年1月20日　＊愛の妖精（『少年少女世界の名作文学19・フランス編1』）宮崎嶺雄訳・上崎美恵子文・霜野二一彦絵　小学館
昭和44年7月25日　＊愛の妖精（カラー版名作全集『少年少女世界の文学13・フランス編2』の中）上崎美恵子文　霜野二一彦絵　小学館
昭和44年11月・刊　＊愛の妖精（研秀版・世界文学全集3）小林正訳　峯利花絵　研秀出版
昭和45年6月20日　＊愛の妖精（研秀版・世界文学全集8）小林正訳　峯利花絵　研秀出版
昭和48年1月30日　＊愛の妖精（世界少女名作全集5）足沢良子訳　田中潮絵　岩崎書店
昭和48年2月20日　＊愛の妖精（ニューファミリー文庫・世界の名作10）権守操一訳　評論社
昭和48年10月1日　＊愛の妖精（『少年少女世界の名作文学10巻フランス編1・2』の中）上崎美恵子文　小学館
昭和48年11月25日　＊愛の妖精（『少年少女世界の名作25フランス編6』の中）上崎美恵子文　小学館

昭和50年9月1日　＊愛の妖精（プチット・ファデット）　宮崎嶺雄訳　岩波版ほるぷ図書館文庫　ほるぷ企画
昭和51年11月5日　＊愛の妖精（マーガレット文庫・世界の名作39）　山下喬子著　文月信絵　集英社
昭和52年10月・日　＊愛の妖精（世界名作コミック14）　三鈴緑作画　ユニコン出版
昭和57年8月10日　＊愛の妖精（少年少女世界名作全集25）　末松氷海子訳・文　ぎょうせい
昭和58年10月1日　＊愛の妖精（フラワーブックス17）　そややすこ訳　小学館
昭和60年1月・刊　＊愛の妖精（ポプラ社文庫）　南本史文　ポプラ社
昭和60年8月1日　＊愛の妖精（ハイコミック名作8）　ももとりんこ作画　恋塚稔構成　学習研究社
昭和61年5月10日　＊愛の妖精（ＭＥＩＪＩ　ＢＯＯＫＳ51）　窪村義貫訳　明治図書出版
平成2年3月25日　＊愛の妖精（必読名作シリーズ）　篠沢秀夫訳　旺文社
平成3年7月30日　＊愛の妖精（世界の少女名作3）　足沢良子訳　小林圭子絵　岩崎書店
平成12年4月30日　＊愛の妖精（大学書林語学文庫）　金山富美訳注　大学書林
平成17年6月25日　＊愛の妖精（中公文庫）　篠沢秀夫訳　中央公論新社
平成19年8月31日　愛の妖精（『Junichi 新絵物語集』の中）　三木澄子　国書刊行会
平成21年7月30日　＊ラ・プティット・ファデット（愛の妖精）　しかくの翻案漫画本（B6判二三八頁）　東京創元社

■ベリー地方の風俗と風習　Mœurs et coutumes du Berry（1851）評論

平成17年1月30日　＊ベリー地方の風俗と風習（『魔の沼ほか』の中）（ジョルジュ・サンドセレクション6）　持田明子訳　藤原書店

■笛師のむれ　Les maîtres sonneurs（1853）

昭和12年10月15日　＊笛師のむれ（上巻）　宮崎嶺雄訳　岩波書店　岩波文庫
昭和14年5月2日　＊笛師のむれ（下巻）　宮崎嶺雄訳　岩波書店　岩波文庫
昭和23年10月15日　＊笛師のむれ1　宮崎嶺雄訳　高桐書院
昭和23年11月15日　＊笛師のむれ2　宮崎嶺雄訳　高桐書院
昭和24年1月30日　＊笛師のむれ3　宮崎嶺雄訳　高桐書院
昭和26年11月20日　＊森の笛師　和田傳訳　ポプラ社
昭和31年4月10日　笛師のむれ（現代世界文学講座5の中）　松田穣　講談社
昭和32年6月30日　＊笛師のむれ（世界の名作23）　宮崎嶺雄訳　筑摩書房

■我が生涯の記　Histoire de ma vie（1854）

平成17年8月20日　＊我が生涯の記（第1分冊）　加藤節子訳
平成17年8月20日　＊我が生涯の記（第2分冊）　加藤節子訳
平成17年8月20日　＊我が生涯の記（第3分冊）　加藤節子訳
水声社

■フランス田園伝説集　Les légendes Rustiques（1858）

昭和63年7月18日　＊フランス田園伝説集（〔フランス田園伝説集（馬鹿石）〔泥石、霧女、夜の洗濯女、化け犬、三人の石の怪、エプ＝ネルの小鬼、森の妖火、狼使い、リュプー、エタン＝ブリスの修道士、火の玉婆、リュバンとリュパン〕、拾遺篇〔マブ女王、走る妖精、小川、中部フランス信仰と伝説〕、田舎の夜の幻〕）　篠田知和基訳　岩波書店　岩波文庫
平成9年11月11日　馬鹿石、泥石（『書物の王国5鉱物』の中）　篠田知和基訳　国書刊行会

■彼女と彼　Elle et lui（1859）

昭和23年9月5日　＊彼女と彼（西洋文芸思潮叢書）　宇佐見英治訳　河原書店
昭和23年12月30日　＊彼女と彼（ジョルジュ・サンド選集1）　小林龍雄訳　大学書林
昭和25年5月5日　＊彼女と彼（文庫）　川崎竹一訳　岩波書店
昭和26年4月1日　＊彼女と彼　吉野耕一郎訳　世紀書房
昭和28年9月30日　＊彼女と彼（角川文庫）　宇佐見英治訳　角川書店

■ヴィルメール侯爵　Le Marquis de Villemer（1861）

昭和25年8月15日　＊秘められた情熱　井上勇・小松ふみ子訳　北隆館

■黒い町　La Ville noire（1861）

平成18年2月28日　＊黒い町（ジョルジュ・サンドセレクション7）　石井啓子訳　藤原書店

■ジェルマンドル一家　La Famille de Germandre（1861）

昭和23年10月30日　＊ジェルマンドル一家　水谷謙三訳　第三書房

■戦争中のある旅行者の日記　Journal d'un voyageur Pendant la guerre（1871）日記

平成25年9月30日　戦争中のある旅行者の日記（原田マハ著『ユニコーン』の中）　加藤かおり訳　NHK出版

■おばあさんの物語　Contes d'une grand-mère（1873）第一巻　ピクトルデュの館

昭和25年2月1日　＊祖母のものがたり〔ものをいうカシの木、バラ色の雲、ピクトルデュの館〕　杉捷夫訳　山の木書店
平成17年4月30日　＊ちいさな愛の物語（おばあさんの物語）（ジョルジュ・サンドセレクション8）〔ピクトルデュの城、女王コアックス、バラ色の雲、勇気の翼、巨岩イエウス、ものを言う樫の木、犬と神聖な花、花のささやき、埃の妖精、牡蠣の精〕　小椋順子訳　藤原書店

□女王コアックス　La Reine Coax（1872）

昭和25年3月1日　蛙の女王コアックス（『フランス童話』の中）　林憲一郎　広島図書
昭和32年9月30日　かえるの女王（『世界の文学小学4年生』の中）　長塚隆二訳　遠藤てるよ絵　あかね書房
昭和48年9月16日　＊かえるの女王（『ばら色の雲』の中）（子どもの世界文学12）　石沢小枝子訳　講談社
平成4年12月18日　＊コアックス女王　平井知香子訳　青山社
平成17年4月30日　＊女王コアックス（『ちいさな愛の物語』の中）（ジョルジュ・サンドセレクション8）　小椋順子訳　藤原書店

□ばら色の雲　La Nuage rose（1872）

平成17年8月1日～18年7月1日　薔薇色の雲（雑誌「ふらんす」連載16回）　杉捷夫訳註　白水社
昭和19年2月30日　＊薔薇色の雲　杉捷夫訳　青磁社

昭和24年5月31日　*薔薇色の雲（異装戦後版表紙・扉の第三刷）杉捷夫訳　青磁社
昭和24年12月30日　*薔薇色の雲（ロマンチック叢書20）　杉捷夫訳　青磁社
昭和25年2月1日　*バラ色の雲（『祖母のものがたり』の中）杉捷夫訳　山下新太郎絵　山の木書店
昭和28年4月1日　ばら色の雲（「小学四年生」4月号の中）槙本ナナ子訳　谷俊彦絵　小学館
昭和28年6月1日　バラ色の雲（「女学生の友」6月号の中）三谷晴美文　森やすじ絵　小学館
昭和29年12月15日　*ばらいろの雲（岩波少年文庫87）　杉捷夫訳　朝倉摂絵　岩波書店
昭和33年10月1日　バラ色の雲（「小学六年生」10月号の中）佐伯千秋文　沢田重隆絵　小学館
昭和35年6月15日　*ばらいろの雲（岩波少年文庫87　ボール箱入本）　杉捷夫訳　岩波書店
昭和37年2月25日　*ばら色の雲（講談社の世界絵童話全集3）　壷井栄文　大日方明絵　講談社
昭和37年6月5日　ばら色の雲（『世界童話文学全集8』の中）　小林正訳　講談社
昭和40年7月30日　ばらいろの雲（『少女世界童話2年生』の中）　山主敏子訳　金の星社
昭和44年11月10日　*ばらいろの雲（岩波少年文庫87コート箱入本）　杉捷夫訳　岩波書店
昭和48年9月16日　*ばら色の雲（『こどもの世界文学12・フランス編2』の中）　石沢小枝子訳　西村保史郎絵　講談社
昭和49年11月15日　*ばらいろの雲（岩波少年文庫2037並製）　杉捷夫訳　岩波書店
平成17年4月30日　*バラ色の雲（『ちいさな愛の物語』の中）（ジョルジュ・サンドセレクション8）　小椋順子訳　藤原書店

□勇気の翼　Les Ailes du courage（1872）
平成17年4月30日　*勇気の翼（『ちいさな愛の物語』の中）（ジョルジュ・サンドセレクション8）　小椋順子訳　藤原書店

□ピクトルデュの館　Le Château de Pictordu（1873）
昭和19年2月30日　*ピクトルデュの館（『薔薇色の雲』の中）　杉捷夫訳　青磁社
昭和24年12月30日　*ピクトルデュの館（『薔薇色の雲』の中）（ロマンチック叢書20）　杉捷夫訳　青磁社
昭和25年2月1日　*ピクトルデュの館（『祖母のものがたり』の中）　杉捷夫訳　山下新太郎絵　山の木書店
昭和29年12月15日　*ピクトルデュの館（『ばらいろの雲』の中）（岩波少年文庫87）　杉捷夫訳　朝倉摂絵　岩波書店
昭和35年6月15日　*ピクトルデュの館（『ばらいろの雲』の中（岩波少年文庫87　ボール紙箱入本）　杉捷夫訳　岩波書店
昭和36年10月・刊　*母のおもかげ（原題・ピクトルデュの館）（世界少女名作全集38）　山主敏子編者　西村保史郎絵　偕成社
昭和37年12月1日　ゆめの古城（ピクトルデュの館）（「中学時代一年生」の中）　河合三郎文　中野淳絵　旺文社
昭和44年11月10日　*ピクトルデュの館（『ばらいろの雲』の中）（岩波少年文庫87　コート紙箱入本）　杉捷夫訳　岩波書店
昭和47年7月・刊　*母のおもかげ（少女名作シリーズ3）　山主敏子編著　西村保史郎絵　偕成社
昭和49年11月15日　*ピクトルデュの館（『ばらいろの雲』の中）（岩波少年文庫2037）　杉捷夫訳　岩波書店
平成2年2月・刊　*母のおもかげ（改装）（新編少女世界名作選13）　山主敏子編訳　偕成社
平成17年4月30日　*ピクトルデュの城（『ちいさな愛の物語』の中）（ジョルジュ・サンドセレクション8）　小椋順子訳　藤原書店

□巨岩イエウス　Le géant Yéous（1873）
平成17年4月30日　*巨岩イエウス（『ちいさな愛の物語』の中）（ジョルジュ・サンドセレクション8）　小椋順子訳　藤原書店

■おばあさんの物語　Contes d'une grand-mère（1876）第二巻　ものをいうカシの木
昭和18年1月10日　*白象物語〔エンミとものをいふ樫、東洋の薔薇、塵姫さん、赤い槌、白犬物語、白象物語〕（新日本児童文庫25）　麻上俊夫訳　アルス

□巨人のオルガン　L'Orgue du Titan（1873）
昭和58年4月25日　巨人《タイタン》のオルガン（『フランス幻想文学傑作選3・世紀末の夢と綺想』の中）　大矢タカヤス訳　白水社

□花のささやき　Ce que disent les fleurs（1875）
昭和18年1月10日　*東洋の薔薇（『白象物語』の中）（新日本児童文庫25）　麻上俊夫訳　柿原輝行絵　アルス
昭和24年6月30日　*花のささやき（フランス文学対訳叢書9）　中平解訳註　大学書林
昭和32年3月25日　花がはなしあったこと（『世界童話宝玉集（下）』の中）　塚原亮一訳　宝文館
昭和43年5月25日　*バラとそよ風（『母と子の世界の文豪童話シリーズ第2巻』の中）　神沢利子文　研秀出版
昭和43年5月25日　*花が話しあったこと（『母と子の世界の文豪童話シリーズ第2巻』の中）　塚原亮一訳　研秀出版
昭和53年4月・刊　*そよかぜとばら（おはなしらんど1）　鶴見正夫訳　世界文化社
昭和57年4月・刊　*そよかぜとばら（せかいの名作えほん2）　鶴見正夫訳　世界文化社
平成16年7月1日　*薔薇と嵐の王子（原題花のささやき）　田中眞理子訳　ニコル・クラヴルー画　札幌・柏艪舎
平成17年4月30日　*花のささやき（『ちいさな愛の物語』の中）（ジョルジュ・サンドセレクション8）　小椋順子訳　藤原書店
平成20年2月20日　*花たちのおしゃべり（『おばあさまの物語』より）　樋口仁枝訳　蒔悦子絵　悠書館
平成22年10月12日　*花のささやき（『森』の中）（百年文庫18）　小椋順子訳　ポプラ社

□赤槌　Le Marteau rouge（1875）
昭和18年1月10日　*赤い槌（『白象物語』の中）（新日本児童文庫25）　麻上俊夫訳　柿原輝行絵　アルス

昭和33年10月30日　＊赤槌（対訳双書）　中平解訳注　大学書林

□埃の妖精　La Fée poussière（1875）

昭和18年1月10日　＊塵姫さん（『白象物語』の中）（新日本児童文庫25）　麻上俊夫訳　柿原輝行絵　アルス

平成13年8月・刊　埃の妖精　平井知香子訳　関西外国語大学研究論集

平成17年4月30日　＊埃の妖精（『ちいさな愛の物語』の中）（ジョルジュ・サンドセレクション8）　小椋順子訳　藤原書店

□牡蠣の精　Le Gnome des huîtres（1875）

平成17年4月30日　＊牡蠣の精（『ちいさな愛の物語』の中）（ジョルジュ・サンドセレクション8）　小椋順子訳　藤原書店

□大きな目の仙女　La Fée aux gros yeux（1875）

昭和24年5月10日　＊大目玉の妖精（原題・大きな目の仙女。『もの言うかしの木』の中）　斎藤一寛訳　愛育社

平成20年2月20日　＊ギョロ目の妖精（『花たちのおしゃべり』の中）　樋口仁枝訳　悠書館

□ものをいうカシの木　Le Chêne parlant（1875）

昭和18年1月10日　＊エンミとものいふ樫（『白象物語』の中）（新日本児童文庫25）　麻上俊夫訳　柿原輝行絵　アルス

昭和22年1月1日　ものをいふカシの木（「少年クラブ」昭和22年1月号～8月号の中に連載）　杉捷夫訳　耳野卯三郎画　講談社

昭和23年7月10日　＊ものをいうカシの木　杉捷夫訳　山下新太郎絵　ニューフレンド

昭和24年5月10日　＊もの言うかしの木（愛育文庫110）　斎藤一寛訳　愛育社

昭和25年2月1日　＊ものをいうカシの木（『祖母のものがたり』の中）　杉捷夫訳　山下新太郎絵　山の木書店

昭和28年10月22日　＊ものを言うかしの木（『世界少年少女文学全集13』の中）　杉捷夫訳　創元社

昭和29年12月15日　＊ものをいうかしの木（『ばらいろの雲』の中）（岩波少年文庫87）　杉捷夫訳　朝倉摂絵　岩波書店

昭和32年12月25日　ものをいうかしの木（『たのしい世界童話（四年生）』の中）（世界童話名作選）　徳永寿美子訳　金の星社

昭和35年6月15日　＊ものをいうカシの木（『ばらいろの雲』の中）（岩波少年文庫87　ボール紙箱入本）　杉捷夫訳　岩波書店

昭和36年6月1日　＊ものをいうカシの木（学研5年の学習文庫）　槇本ナナ子文　学習研究社

昭和37年8月20日　ものいうかしの木（『少年少女世界名作文学全集27世界童話選』の中）　秋田雨雀編　小学館

昭和38年6月1日　ものいうカシの木（「中学時代一年生」6月号の中）　河合三郎文　中野淳絵　旺文社

昭和39年10月15日　ものをいうかしの木（『たのしい世界童話』四年生の中）　徳永寿美子文　金の星社

昭和44年11月10日　＊ものをいうカシの木（『ばらいろの雲』の中）（岩波少年文庫87　コート紙箱入本）　杉捷夫訳　岩波書店

昭和46年6月1日　＊エンミとカシの木（5年生文庫シリーズ③）　生源寺美子文　学習研究社

昭和47年7月25日　＊ものいうかしの木（『少年少女世界の名作22フランス編3』の中）　田島準子訳　小学館

昭和49年11月15日　＊ものをいうカシの木（『ばらいろの雲』の中）（岩波少年文庫2037　並製）　杉捷夫訳　岩波書店

平成17年4月30日　＊ものを言う樫の木（『ちいさな愛の物語』の中）（ジョルジュ・サンドセレクション8）　小椋順子訳　藤原書店

平成20年2月20日　エミとナラの木（『花たちのおしゃべり』の中）　樋口仁枝訳　悠書館

□犬と神聖な花　Le Chien et la fleur sacrée（1875）

昭和18年1月10日　＊白犬物語（『白象物語』の中）（新日本児童文庫25）　麻上俊夫訳　柿原輝行絵　アルス

昭和18年1月10日　＊白象物語（『白象物語』の中）（新日本児童文庫25）　麻上俊夫訳　柿原輝行絵　アルス

昭和35年3月発行　＊白ゾウものがたり（『少年少女世界動物名作全集5』の中）　保永貞夫訳　東西五月社

平成17年4月30日　＊犬と神聖な花（『ちいさな愛の物語』の中）（ジョルジュ・サンドセレクション8）　小椋順子訳　藤原書店

平成20年2月20日　＊犬（『花たちのおしゃべり』の中）　樋口仁枝訳　悠書館

■その他

明治32年4月7日　旅人の書簡（『天地有情』の中）　土井晩翠訳　博文館

明治39年4月・刊　海の恋　辻村鑑訳　明星〔原著不詳〕

明治41年8月・刊　紲縲　辻村鑑訳　帝国文学（～9月）〔原著不詳〕

昭和11年3月1日　いのり（雑誌「ふらんす」11年3月号の中）　中村義男訳　白水社

昭和26年9月25日　学者のほおじろ（『フランス小説集』の中）　松田譲訳　みすず書房

平成8年3月30日　＊ジョルジュ・サンドからの手紙（スペイン・マヨルカ島、ショパンとの旅と生活）　持田明子編・構成　藤原書店

平成10年3月30日　＊往復書簡サンド＝フロベール　持田明子編訳　藤原書店

平成12年9月30日　＊サンド―政治と論争　持田明子訳　藤原書店

平成13年10月1日　サンド―バルザック往復書簡（雑誌「環」7号の中）　持田明子編訳　藤原書店＝平成14年5月刊『バルザックを読むⅡ』に収録

平成14年1月1日　バルザック『人間喜劇』への序文（雑誌「環」8号の中）　持田明子訳　藤原書店＝平成15年5月刊『バルザックを読むⅡ』に収録

平成20年2月20日　＊風（『花たちのおしゃべり』の中）　樋口仁枝訳　悠書館

平成25年7月30日　＊書簡集（ジョルジュ・サンドセレクション9）　持田明子・大野一道監訳　藤原書店